YOMUOSAKE

# よむお酒

酒の穴 パリッコ／スズキナオ

# はじめに

**パリッコ（以下パリ）**　初めまして、パリッコです。

**スズキナオ（以下ナオ）**　初めまして、スズキナオです。

**パリ**　お互いにいろいろやっている人間なんですが、共通しているのは、お酒が好きなことと、お酒や酒場に関する記事を書くライターであること、でしょうか。

**ナオ**　そうですね。ライターと名乗っていいのか。いきなり余談ですが、先日トークイベントで、共演の佐伯《さえき》誠之助《せいのすけ》さんに「ナオさんは『酒場ライター』だそうですが、そもそも酒場ライターってなんなんですか？」と聞かれて、わからなかったです。

**パリ**　はは、確かにあんまり聞かない。まぁ、美容に関する文章を書く仕事をしてる人は「美容ライター」だろうし、一度でも酒場のことを記事にする仕事をしたことがあるなら、そういうことでいいんじゃないでしょうか。

**ナオ**　そうですね！「酒場」にも「ライター」にも自信がなくなってたんですが、間違いじゃゃない気がしてきました。

**パリ** で、ふたりで「酒の穴」というユニットをやっているんですよね。活動はただ、酒を飲むだけ。

**ナオ** 十年くらい前に知り合って、以来何度も一緒に飲ませてもらって、それがいつしか「酒の穴」という飲酒ユニットに発展していった。この「酒の穴」がまた説明に困りますね。

**パリ** 飲み方とか、あと、酒場で使う金銭感覚みたいなものが驚くほど共通していて、よく遊ぶようになって、お互いに音楽もやってるので、「そのうち音楽ユニットでもやりたいですね」なんて話してた記憶があります。でも、特に一緒にやりたい、やるべき音楽なんてなかった。

**ナオ** はは。

**パリ** ところが、お酒を楽しむことに関しての貪欲《どんよく》さだけはお互いすごくて、「次はこんな飲み方してみない？」「うおー楽しい！」みたいな。

**ナオ** いろいろな酒の飲み方を模索する寄合。

**パリ** ある日、多摩川の河川敷をずっと歩きながら酒を飲んでたんですよね。

**ナオ** でした。稲田堤という街の多摩川沿いに、「たぬきや」（二〇一八年十月閉店）という、酒が飲める川茶屋とでもいうような渋いお店があって、そこが好きで、あんな場所がほかにもあるんじゃないかと。下調べもせずに探しに行きましたね。

**パリ** そうそう、結果、求めているようなお店はなかったんだけど、川辺をただ歩きながら飲んでるだけで楽しかった。

**ナオ** 何かを探しながら酒を飲むことがすでにじゅうぶん楽しい、しかもこれは新しい飲み方じゃないかという。

**パリ** 二子玉川からスタートして、最終的に登戸の駅近くの、景色が開けた場所にたどり着いて、静かな川面に波紋が起きるのを見ながら飲んでたら、すごく楽しくなってきて「あれ？ これがすでに活動であり、ユニットなのでは？」と、そのときに感じたように記憶しています。

**ナオ** 波紋なんてそれまでは、現象としては知ってたけど、十秒ぐらいしか見たことなかったですよ。それが一気に、一時間ぐらい見たんじゃないか。

**パリ** はい。一般平均でいう一生分。

**ナオ** 致死量。

**パリ** 致死量の波紋を摂取した結果、おかしくなってしまった。

**ナオ** 小石を投げる、そこを起点に円が広がっていく。「……最高だな！」っつって。

**パリ** なので、「酒の新しい可能性を追求」なんていうと大げさだけど、とにかくいろんな楽しみ方を試してみたがりのユニットというわけですよね。

**ナオ** はい！

**パリ** そんな酒の穴の本が出ることになりましたと。

**ナオ** そうなんですよ。

**パリ** これがそれなんですよね。

**ナオ** そういうわけです。

## ブルーハーツが、裏で……

**パリ** この本は「cakes」というサイトでの連載がもとになっていて、そのときのタイトルは「パリッコ、スズキナオの のんだ？ のんだ！」っていう。ちょっと変な感じのタイトルで。

**ナオ** 「リンダリンダ」みたいな感じでね。

**パリ** 今、頭の中で『リンダリンダ』の替え歌で歌ってみたんですが、「のんだのんだー」のあとの「のんだのんだのんだー」のところが最高でした。

**ナオ** はは！ ほんとっすね。「のんだのんだー！ のんだのんだのんだー！」すっげー楽しかったんだろうなっていう。

**パリ** 歴史に残る飲み会だったんだろうな。

**ナオ** ほかの部分の歌詞とぜんぜん関係ないのがまたいい。

**パリ** サビに入る前に小さく(なんちゃって)とつぶやかないとつじつま合わないですね。

**ナオ** そうですよ。もしくは(それはそうと)とか。

**パリ** いろいろ入れられそう。

**ナオ** (ほんとは飲んでる場合じゃないんだけど)

**パリ** はは! 明日どうなっても知らねーぞ!

**ナオ** (健康診断の前日なのだけど)とかね。

**パリ** (医師からは止められているけど)どんどん暗くなっていく。ハッピーなところだと(生まれて初めて女と)とか。

**ナオ** はは、いいなー! (初任給でお母さんと)も。

**パリ** 泣けますね。絶対いいやつ。ただ、もはや前後のつながりとか関係なくなってきた。

**ナオ** ますます混乱が広がるだけで。

**パリ** えっと、なんでしたっけ? この本の説明だった!

**ナオ** そうそう。内容としては、我々がリレー形式でエッセイを書いたり。

**パリ**　うん。お酒に関する。それをふたりで振りかえって、こうやって対談してみたり。

**ナオ**　それを文字データとして入力したり。

**パリ**　修正入れたりね。

**ナオ**　出版さえする。

**パリ**　で、これまでの流れを見ていただいてもわかるように、我々、脱線しがちですよ。

**ナオ**　そうですね。脱線の前提となる線路がもう……そもそも線路あるかな？

**パリ**　あってもグニャグニャ。

**ナオ**　ははは、そりゃ脱線するよ！っていう。

**パリ**　でも、だからこそ、今までになかった何かを発見できるかもしれない。世の中、グニャグニャじゃない線路のほうが多いんだから。

**ナオ**　そうです！気づいたら変な場所にいるような、そんな本になったら楽しいですね。

**パリ**　決して有用な情報ではない何かを発信していけたら。

**ナオ**　例えばなんだろう。「酒と金」「酒と健康」「酒とスニーカー」なんでもいいな。

**パリ**　なんでもいいんすよ。逆に「酒とおつまみ」でもいいわけだし。逆というか、素直にか。で、これだけは言っておきたいのは、「何かを押し付けたい」といった気持ちは一切ないんです！

**ナオ** そうですね。勝手に楽しんでるだけ。考えてもしょうがないことを考えてみて、楽しいな、ぐらいの。

**パリ** で、楽しかったよ〜って、言いたいだけなんですよ。例えば、我々でふざけて始めた「チェアリング」があるでしょう。キャンプなどで使う持ち運び椅子を、自然の中や公園など、人の迷惑にならない場所に持っていって、そこで飲むだけ、という遊びなんですけど。これも、流行らせたい気持ちとかはぜんぜんなくて。

**ナオ** そうなんです。「こんな展開になっていったらおもしろいな」みたいなこともない。「椅子を置いてぼーっと飲んでみたら、おもしろいかもしれないですね」と始めて。

**パリ** やってみたら想像以上だった。

**ナオ** こりゃあいい！ っつって、のん気にそんな名前をつけてみたら、実際にやってくれる人が現れたりして、むしろ恐縮ですよね。

**パリ** だから、この本にしても、ほんと気軽に読んでほしいですね。

**ナオ** タイトルが『〝よむ〟お酒』ですもんね。

**パリ** 飽きるほど飲んでるプレーンチューハイ感覚で。

**ナオ** それぐらいラフに読んでほしいです。

**パリ** 飲んだ帰りの電車で、その日買った漫画を読んで、別に記憶がなくなるまで飲んだ

ナオ　とかじゃないんだけど、翌日、漫画の内容ほとんど覚えてないこととかありません？ありまます。酔った自分が勝手に本を読んで、勝手にしおりを先に進めてるでしょ。その続きから読んでもさっぱりわかんないっつうの！

パリ　はは、そうそう。

ナオ　勝手に前に行ってんの。

パリ　「も～どこから覚えてないかわかんなくなっちゃったじゃん」

ナオ　わがままなのは承知だけど、自分がどこから覚えてないかだけでもちゃんと覚えていたい。

パリ　脳の機能が縮小されて、究極にぼーっと眺めてるんでしょうね。この本も、あんな感じで読んでもらえたら嬉しいな。しかしこれ、あるあるみたいに話してますが、酒飲まない人からしたら恐怖でしょうね。

ナオ　確かに、「勝手に進んでいるしおり」ってホラーだもんね。見知らぬ人が部屋に……いる⁉

パリ　その正体が自分自身だってんだから、酒飲みって本当、バカですよ。あ、いい意味でね！酒飲みのそういう行動って。

ナオ　うん、自分たちのダメな部分をきっちりと知る。だからこそ人に優しくなれる。人

パリ　どうやら裏でブルーハーツが操ってるな。
にやさしく。

## 酒には無限の可能性があるはず！

ナオ　最近の酒はどうですか？　どんな酒ですか？
パリ　どうもこうも、なんていうか、「どうでもいい酒」って感じです。
ナオ　はは！　俺もだなー。つまり、日常的で、平凡な。
パリ　こだわりとか、日に日に薄れていく。
ナオ　あ、でも先日、取材で、個人的には久しく行ってないような、若くて勢いのある店長が切り盛りしているちょっとおしゃれな居酒屋に行ったんです。「バル」というのかな。そこのチューハイが、氷の代わりに凍ったレモンがたくさん入っているもので。
パリ　あ、最近たまに見かけますね。
ナオ　ですよね。「ああ、こういう系ねー」と思って飲んだら、うめーの！
パリ　はは！
ナオ　普段、どこで飲んでも美味しいと思って飲んでるチューハイだけど、うまいのはうまいね！　レモンの味がすごいした。

**パリ**　そうそう、「どうでもいい」って、こだわりを捨てたから自暴自棄にしか飲まないとかじゃなくて、どこで飲んでても楽しいし美味しい。

**ナオ**　まさに！

**パリ**　言い換えれば「全部いい酒」って感じです。「悪い酒」ってのはなくなってきたかもな。

**ナオ**　パリッコさんは特にそのへん、柔軟に楽しむ精神があるから、例えば、店で頼んだ八〇〇円のチューハイの中身が、あきらかに「氷結」でも怒りませんもんね。

**パリ**　まぁそう。ニヤニヤしちゃうほうですね。「フフフ……このチューハイ、八〇〇円もしたのに、氷結そのものの味だ～」

**ナオ**　「うーむ…おかわり？」

**パリ**　「プッ、俺、おかわりしたよ！　一六〇〇円だって！」と、なんでも楽しいですよ。まぁ、その店には二度と行かないけれども。

**ナオ**　はは。

**パリ**　一度でいいおもしろさってある。

**ナオ**　一度やってみたいことってのもありますね。こんな店で一度飲んでみたいなとか。

**パリ**　酒場ファンから神格化されているような老舗や行列店に対し、天《あま》の邪鬼《じゃく》に「俺はいいや」となっちゃうのもよくない。

**ナオ** 行ってみるとやっぱり美味しかったり、きちんとそうなった理由がある。

**パリ** たいがい「また来たいな〜!」って悶絶《もんぜつ》してますからね、飲みながら。こないだも初めて、神田「まつや」でそば屋飲みをしてきたんですけど、もうね「まつや最高〜!!」。

**ナオ** あー、まつやのそば、好きです! まつやが好きっていうとなんか自分が大人になったような気がするところも含めて好き。

**パリ** もっと緊張するような店かと思ったら、すごく和やかな雰囲気なんですよね。

**ナオ** 値段もそれほど高くないっす。

**パリ** つまり、波紋方面にも、正統方面にも、酒の楽しみは無限に広がってそうというわけで。

**ナオ** あれ、なんの話してたんですっけ?

**パリ** はは。忘れた。もう、本編へどうぞ。

# “よむ”お酒 お品書き



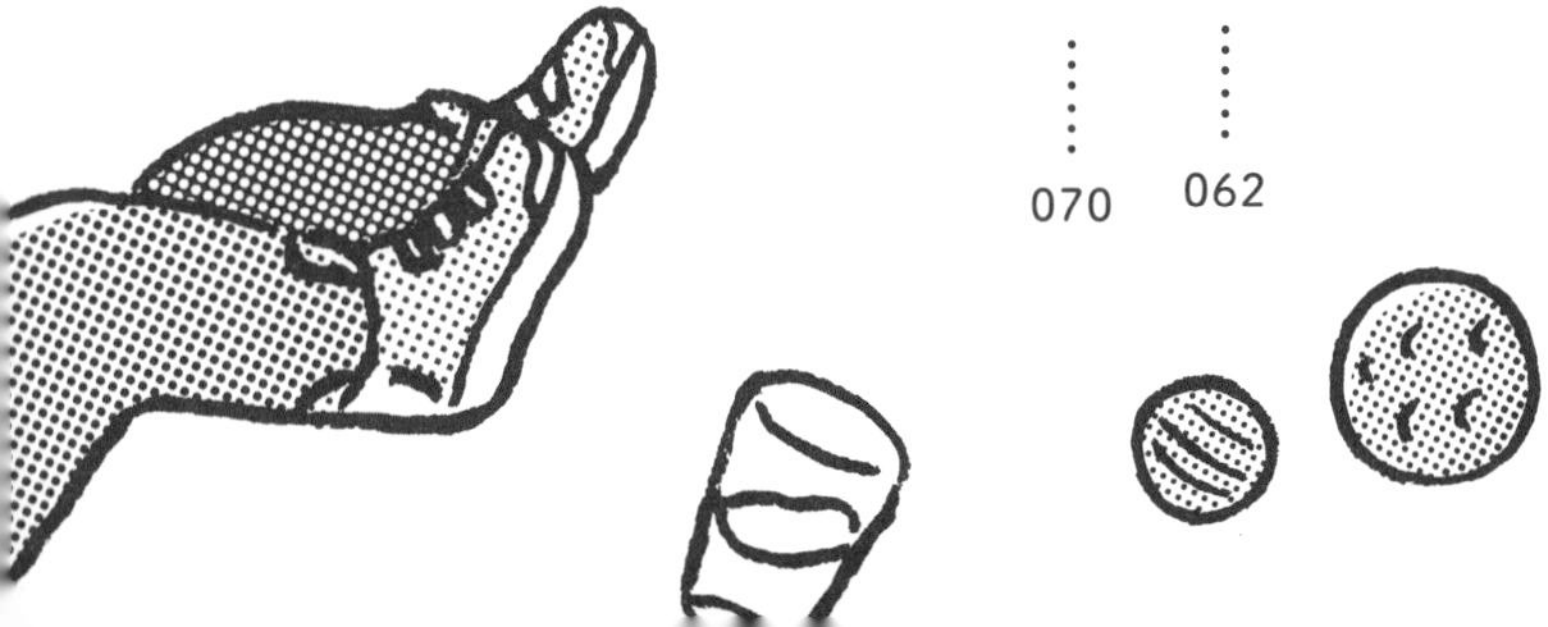

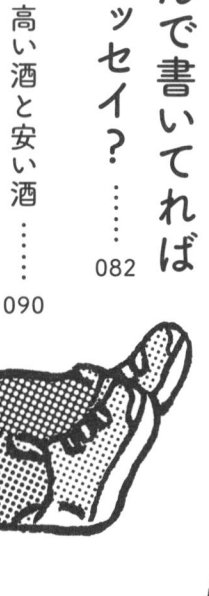

装画・ブックデザイン
カヤヒロヤ

# 〝よむ〟お酒

スズキナオ

# ポイントカードのポイントを使ってまで飲む

## 金欠なのに、酒を飲みたいとき

「大人たるもの、年齢×一〇〇〇円ぐらいは常に持っているべきだ」と聞いたことがある。現在三十九歳である私なら三九〇〇〇円である。それが常識なのだとすれば、残念だが私は大人失格だ。というか、その十分の一だって財布に常に入っているということはない。だいたいいつも二〇〇〇円ぐらいの所持金しかない。年齢×一〇〇〇円の計算でいけば二歳児だ。

慢性的な金欠にあえぎつつも、それでも酒が飲みたくなる。特に会社勤めをしていた数年前は、遅くまで残業して、ようやく外に出て一杯飲んで帰りたいのに金がない、という状態が辛くてしかたがなかった。財布に一〇〇〇円でも入っていればコンビニで発泡酒や缶チューハイが買える。駅前の広場で飲めばそれはそれで気が晴れるものだ。しかし、発泡酒を買うために必要な金額すら財布に入っていないときがある（書いていて、一体どんな会社員だったんだろうと自分でも不思議になった）。

お札はなく、小銭が少しだけの財布を茫然《ぼうぜん》として眺める。お金はないくせにコンビニだのスーパーだののポイントカードがたくさん入っていて妙に厚みだけはありやがる……と、そのとき、「ポイントカードにたまったポイントで飲めるのでは!?」、と思い当たった。例えば、コンビニ各社のポイントカード。買い物をするたびにたまるのはせいぜい一ポイントだか二ポイントだか微々たるものだが、気づけばそれが発泡酒を買えるぐらいにはたまっていたりするものである。普段、コンビニで酒を買ってためたポイントがいざというときに酒を買うために使われる、なんと無駄のないサイクルだろうか。

次に、そのコンビニのポイントすら使い果たしてしまっている場合についてだ。その際は、家電量販店のポイントカードを確かめてほしい。ビックカメラやヨドバシカメラなどの量販店の一部店舗では酒を扱っている。家電量販店での買い物は大抵の場合は一回がけっこうな高額になるので、たまっているポイントも数千円ぐらいの額になっていたりするのだ。ひょっとしたらボトルで焼酎やワインが買えるかもしれない。最新家電が並ぶコーナーには目もくれず酒コーナーに向かって一直線に歩くとき、「来たくもない未来にタイムスリップしてしまった侍」といった気分になる。

では、家電量販店のポイントも使い果たしたとしたら……。あきらめないでほしい。ICカードはどうだ！　チャージ残額があれば駅の売店や、ICカードでの支払いに対応したコンビニで酒が買える！「いや、すみません、ICカードのチャージもスッカラカンなんですよ……」そんなダメ野郎も心配しないでいい。交通系ICカードの多くは初回の購入時にデポジット（預かり金）として五〇〇円を支払うシステムになっている。つまり、窓口でカードを返還すれば五〇〇円戻ってくるのである。実際、私はお金もポイントも何もかもないとき、ICカードを返還して得た五〇〇円で酒を飲んだ経験がある。JR渋谷駅西口の駅前広場で「これでもう俺には何もない……ははは」と、すがすがしい気分で飲んだ発泡酒には記憶に強く残る苦みがあった。

## 路上アンケートで飲むのが真のビジネスマン

いつもお金がなかった私は、路上アンケートによくお世話になっていた。渋谷や新宿の大通りなどに調査員が立っていて、「簡単なアンケートにご協力いただけませんか」と呼びかけてくる。ついていくと雑居ビルの一室に通され、大手メーカーから発売される新商品のモニター調査などに協力することになる。試食や試飲をして「美味しい」「まあまあ美味しい」「美味しくない」など、いろいろな質問項目に対して回答していく。謝礼として五〇〇円分の図書カードがもらえたりするので、会社の昼休みにそれをこなし、何枚かたまった図書カードを金券ショップに買い取ってもらって酒代を捻出したりしていた。昼休みすら無駄にしない真のビジネスマンだ。

その路上アンケートで、ごくまれにアルコール飲料の試飲モニターに当たることがある。グラスに注がれて運ばれてくる発泡酒を二杯、三杯と飲んで、味を比べたりしなければならないのだ。いたって真面目なアンケート調査なので、こちらも真剣な態度で臨まなければならない。試飲用のグラスを持ってくる人に「一口ではなく、ゴクゴクと飲んで喉ごしまで確かめた上で回答してください」と言われたりする。「飲まなければいけない」という強制飲酒状態。しかも昼からだ。そして最後には謝礼までもらえる。ニヤニヤしてしまいそうな自分を必死に抑えながら、できるだけ神妙な表情を作り、「うむ、こっちのほうが後味が爽快だな」などと考えているふうな振る舞いを心がける。

そんな幸運な機会にはさすがに数回しかめぐりあったことがないが、町の中に一瞬だけ現れた桃源郷に奇跡的にたどり着けたかのような大きな達成感を味わったものである。そしてそこで得た図書カードを換金し、また酒を飲む。どこまでも欲深い生き物だ。

お金をたっぷり使ってどこのうまい店で飲むか、ではなく、お金がまったくないときにどうやって酒を飲むか。酒好きの真価が問われるのはそんな局面ではないだろうか。

パリッコ

# 会社の飲み会

**そのあとの缶チューハイがやっとうまい**

「会社の飲み会」という言葉に良いイメージを持たない方は多いですよね。

僕も長く会社員をしていたのですが、会社の飲み会には大きく二種類あって、もっともオーソドックスであり、そして今こうして酒の穴の本などを読んでいるタイプの方ならばどちらかというとあまり嬉しくは思わないのが、忘年会や新年会、その他さまざまなタイミングで催される、社員、または部署総出の飲み会ではないでしょうか。

社長の挨拶があり、声を揃《そろ》えての大乾杯があり、新人であればあるほどより多くのグラスが空になっていないか気を配らねばならず、とはいえそんな緊張感からつい飲みすぎて泥酔嘔吐する者あり、よくわからないきっかけでブチ切れるお局社員あり、上司から部下

への ダメ出しあり、仕事のことでヒートアップして殴り合い寸前の言い争いありといった、阿鼻叫喚の地獄絵図。

以上すべて、僕がこの目で見たことがある光景な気がするのですが、とにかく自分にとっては恐怖でしかなく、極力存在感を消してやりすごし、一次回終了の一丁締めが終わったら風のように消え去って、急いでコンビニで缶チューハイかなんか買って、「あぁ、やっと酒がうまい」ってなパターンが毎度のことでありました。

## 宴会芸

中でももっとも苦痛なのが「宴会芸」の時間。生前にそんなに重い罪を犯したわけでもないはずなのに、というかまだ死んでないのに、なぜこんな地獄の最深部に突き落とされなければいけないんだ、っていう、ナンセンス極まりない慣習。

たいがいは数人でカラオケかなんか歌ってお茶を濁すわけですが、そういうときに妙に張り切る若手社員がいたりして「おい岡山、出番だぞ！」「押忍！」かなんか言って前へ出て、仁王立ちでビールを一気する毎度お馴染みの芸を披露したりして、それ見て社長大喜び。……いや、「芸」ってさ、そういうんじゃないから！　が、その岡山しかり、会社の宴会を心から楽しんでいるタイプの人々というのも確かにいて、そういう場面に触れるたび、「あぁ、ここは自分に向いてる場所じゃないや」という思いが募り、やがて退社するに至ったわけですが。

## 愚痴飲みは集団催眠

会社の飲み会のもうひとつのパターンは、気の合う同僚などと自発的に行く、普段の何気ない飲み。これは好きで行ってるんだから厳密に会社の飲み会とはいえないかもしれませんが、自分がそうやって飲んでいた頃を振りかえると、やっぱりあれはどう考えても異常で、今にして思えば集団催眠にでもかかっていたんじゃないかっていう時間でした。

僕の勤めていたのはちょっといかがわしい業界の広告を主に取り扱う広告代理店で、自分はデザイナーとして制作部にいました。花形はもちろん営業部。無知な若者ゆえ「社会とはこういうもんだろう」と疑問にも思っていなかったのですが、毎日残業数時間、完全なるブラック企業であり、無茶なオーダーばかりしてくる営業部と制作部は、基本対立の構図にありました。
幸い同僚には気の合う人しかおらず、しかも示し合わせたように全員が根っからの酒好き。夜もふけてくると「今日も行く？」という流れになるわけですが、そこでの会話といったらもう、徹底的に、ず～っと、営業部への文句なんですよね。

「馬込さんの指示には無駄が多い」「五日市さんの指示書の字、基本読めない」「澤部さんはデザイン学校出身だから制作部のことをわかってくれてるほうだけど、たまに自分でデータを修正してしまうのはデザイナーに対してどうかと思う」。毎日毎日飽きずに同じ安酒場で、本当に同じ話。酒が入ってどんどんエスカレートはすれど、その不満に対して具体的にどう対処していこうなんて前向きな行動にはつながらず、ぼやいているだけなので現状は変わらない。

きっと、鬱屈とした日々の中で、愚痴飲みに浸ることには麻薬のような中毒性があったんだと思います。が、今振りかえって、その膨大な時間、徹底的になんの意味もなかったなと。あ、そうやって苦労を共にした当時の同僚たちとは、今でもたまに飲みに行くくらいに仲が良く、その頃の経験すべてを否定するわけではないのですが。

## 冷やしトマトの冷たさ

今、例えばナオさんとどっかの安酒場で飲んでいて、「この冷やしトマト……よく冷えててうまいっすね」なんて当たり前の感想を言いあっている時間には何のストレスもないし、心から楽しい。当時の自分がその姿を見たら「このオッサンたちの言ってること、なんの意味もねぇ！」と思うだろうし、実際になんの意味もないんですが、どちらが心豊かで、どちらがより酒を楽しんでいるかは明白です。

街なかで、血気盛んそうなサラリーマンが、部下であろう電話先の相手に「お前、そこで認めたらこっちが損するからな！ 絶対に頭だけは下げるなよ！」なんて声を荒らげているのを見ることがあります。きっとその方にとって、そういう仕事のしかたが自分の信じる正義であり、もしかしたら自分にとって一番大切なことなのかもしれない。だから、否定する気も、憐れだと蔑む気持ちもまったくない。けれどもそういうシーンに出会うたび、僕は当時の自分を思い出し、「その激昂、あとで振りかえるとなんの意味もないんだよなぁ」なんて思ってしまいます。
それと、「ああいう人ほど会社の飲み会が好きそうだなぁ」とも。

スズキナオ

# 酒場のおつまみシェア問題

## 一口ずつ食べるというスタイルがむしろ理想

最近めっきり小食になってきて、唐揚げを一個食べたらけっこうお腹がいっぱいになる。サービスの良い店でお刺身を頼んだときなど「うわ！　このお刺身の厚み、すごいなー！」と喜びはするけど、実は二切れぐらいでもう満足である。

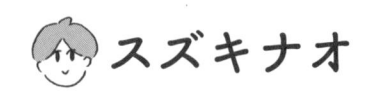

そんな状態であっても、何人かで一緒に飲みに行ってみんなが頼んだおつまみが美味しそうだったら一口もらいたいという浅ましさはある。というか、どんな料理も一口ずつ食べるというスタイルがむしろ理想なのだ。その点では、複数のメンバーで行く居酒屋はいろいろ食べられる格好のチャンスと言えよう。

自分ひとりで行ったら「ほうれん草のおひたし」「なめこおろし」みたいなもので満足してしまうところ、ほかの人が頼む「地鶏チーズ焼き」とか「揚げ餃子」なども食べられるんだからこれは嬉しい。しかもお腹いっぱいだったら手を出さないという自由もある。わがまま放題である。

## おでんの玉子、分けるか分けないか問題

ただ、居酒屋を愛する人ならおわかりかと思うが、おつまみによって分けやすいもの、分けにくいものがある。例えば私はおでんが大好きで、メニューにあればとりあえずどんな状況であれ食べておきたいと思っているのだが、そのおでんの玉子はどうだ。

ふたりで飲んでいたとして、あれを箸で割ると、大小にあきらかな差が出る。さらに、大小に加えて黄身の含有率も要素として入ってくるので複雑だ。そもそも大きくて黄身が入っているほうが当たり、と必ずしも決まっているわけではない。白身多めのほうが好きという人にとっては、そっちのほうが当たりだろう。

いや、そのさらに前段階の話として、おでんの玉子を割ると黄身が崩れてけっこうごちゃっとした見た目になってしまうのだ。一緒に飲んでいる相手が「お前が箸で割った玉子、俺いらねえし」と思っていないとも限らない。

あと、箸で玉子を割るっていうのもなかなかに難しい行為で、力のかけ場所を間違うとプリンッと皿から飛んでいくこともありうる。ひょっとして玉子を横に割るのではなく縦に割ったらどうだろうと今思ったけど、それも玉子がコースアウトするリスクが大きそうだ。

これだけの多面性を持っているおでんの玉子を、それでもあなたは分けますか？　という話である。しかもこれ、まだふたりでのシェアを想定しているから成り立っているけど、三人で玉子一個を分けることなんて物理的に可能なのか？

## コンニャクが胃を占有する悲しみ

いろいろ考えたが、おでんの玉子はひとり一個食べることにしてほしい。なんでも一口もらうというスタイルを理想だと言いながら本当に図々しいけど、どうしてもシェアできないものもある。さらに！　同じおでんでもコンニャクはもっと難しくて、ひとり一個っていう感じでもない上に玉子なんかと比べ物にならないほど箸で切りにくいのだ。「じゃあ頼まなきゃいいじゃない」と思う人もいるだろうけど、誰かが頼んだ「おでん盛り合わせ」にコンニャクが入っている場合などは避けられないのである。

また、分けにくいからといって「コンニャクは俺がもらっちゃおう」などと勢いでパクつくと、せっかくいろいろ食べられるチャンスの飲み会なのに、胃の一部がけっこうデカめのコンニャクで占有されるということになる。それは、すごく、悲しいことだ。

## 実はシェアするのは当たり前ではない？

待てよ。ここまで私は「居酒屋でみんなが頼んだものはそこにいるメンバーで少しずつ分けあうもの」というのがまるで当たり前のように書いてしまっていたが、そうとも限らない。どこで誰と飲んだときの記憶か定かではないが、例えば私が「アサリの酒蒸し」を頼み、一緒に飲んでいる相手が「チキン南蛮」を注文したとして、店員さんがその二皿を運んできたとき、相手が「はい、これ、スズキさんの酒蒸し」「チキン南蛮は僕です」と、お皿をそれぞれの注文者の前に置き直すようなときがあった。

この場合、相手は「注文したものは注文した人が食べきるスタイル」を採用しているのかもしれない。そこで私が当然のようにチキン南蛮を一個もらった場合、「なにこいつ勝手に俺の食ってんの？」と内心で思われてしまうおそれもある。

なんせ居酒屋での振る舞いは学校で教わるわけじゃないから、いろいろな考えの人がいる前提に立ち、毎回が授業だと思って臨みたいものである。

## 分けあえる仲間がいるありがたさ

私はラーメンが好きで、ラーメンならけっこう満腹な状態からのスタートでも食べられてしまうのだが、ラーメンの場合の「一口いいですか?」は意味合いがかなり変わってくる。友達とふたりで自分の好きなラーメン屋に行ったとしよう。私は大好きなその店の「塩ラーメン」を注文する。相手は「あ、お前が塩なら、俺は味噌でいくわ。そんで一口ちょうだいよ」などと平然と言ってきたりするのだ。

この場合は「待ってくれ!」と言いたい。私はその店の「塩ラーメン」の食べはじめから食べ終わりまでの全部を味わいたいのだ。そこにいきなり味噌のカットイン。「味噌もまあうまいけど、やっぱり塩なんだよなー」と再確認。で、戻ってきたドンブリを見たら「けっこう俺の塩が相手に持っていかれてるし 俺が食った量より絶対多く食われてるし!」というような非常に悔しいことに、大抵なる。「ラーメンはひとり一杯でいこう!」と言いたい。

でもな、旅先で入ったラーメン屋さんで醤油ラーメンも塩ラーメンも美味しそうだというようなとき、分けあえる仲間がいるって本当にありがたいんだよな……。

要するに自分がわがままなだけみたいだ。反省します。

パリッコ

# 酒のシメ問題

## 何で締めるか

お酒の話題の定番に「何で締めるか」問題がありますね。

現状、個人的な結論は出ていて、「締めない」がそれです。酒の味を知ってからこれまでずっと、とにかくダラダラなるべく長く飲んでいたい、酔っぱらった愉快な気持ちをキープしたいというスタンスをとっているので、「さて、このへんで何かシメを食べて寝るか」とならない。ご飯もので締めるくらいなら、なるべく体積が少なく塩気の効いたもの、少し醤油をつけた海苔とかそういうものをつまみに、ギリギリまで飲んでいたい。己から湧き上がる欲望に忠実に行動すると、そういうことになります。

というわけで、飲みの席で酒の締め問題が話題に出た場合などは、例えばプロ野球の話を聞いているときなどと同様、決して何も語らず、たまににっこりとほほえんでうなずき、酒を飲む、という姿勢でやりすごすようにしています。

## たいがいの店の一人前が多すぎる

スズキナオさんとの付き合いも長くなりますが、彼ほど穏やかで、他人の悪口を言わず、酒を飲んでも常にポジティブな酔い方をする友達はほかにいません。ナオさんの内心は知るよしもないですが、比べると自分はずっと俗物的で、飲み方酔い方も下賤《げせん》で、ナオさんにそれを受けとめる度量があるからこそ、酒の穴なんていう酔狂なユニットが存続していると言っても過言ではありません。

ただし、ナオさんに対し、たったひとつだけ、釈然としない気持ちを抱くことがあります。それは、僕のことを「大食漢キャラクター」という前提で接してくる場面。

ナオさんのひとつ前のコラム「酒場のおつまみシェア問題」に、最近めっきり食が細くなり、唐揚げひとつ、お刺身二切れくらいでけっこうお腹がいっぱいになってしまう、というようなことが書かれています。「どんだけ～」と思う方も多いかもしれませんが、実は僕も同じで、とにかく量が食えない。最低でも数種類のおつまみを紹介しなければ魅力が伝わらないような酒場取材など、あれこれ頼んで残すわけにもいかないし、わりといつも苦労します。昼ご飯を外で済ませようとしても、たいがいの店の一人前が多すぎて、満腹以上になってしまう。立ち食いそば屋なんかへ行くと、天丼やカツ丼とそばのセットをもりもり食べているサラリーマンがけっこういます。個人的な予想なんですが、食べられる量、つまり生きていくために必要な馬力って、身長とも関係が深いような気がしていて、僕はそんなに背が高いほうではなく、そういうもりもり系の方々は、総じてでかい。それを別世界の光景のように見上げながらかけそばをすすっているのが、自分の日常というわけです。

で、確かにナオさんは、マジ食わない。僕は食い意地だけは張っているので、唐揚げや刺身を率先して頼みたがるほうなんですが、そこにナオさんが「おひたし」かなんかを追加するというのがよくあるパターン。具体的にいえば僕のほうが、トータルで倍くらいは食べられる。とはいえ、ナオさんの食欲を倍にしても唐揚げ二個と刺身四切れ。そのくらいでわりと満足してしまい、あとはふたりでこのおひたしが一皿あればいいかぁ、というようなことが多いです。

この小虫の羽音のような食欲、仮にも活動のメインが食べたり飲んだりすることなユニットとしてどうなんでしょうか。

そうやって飲んでいると、ナオさんの「頼もしい食いっぷりだなぁ」的な視線に気づくことも多いですし、実際「いやぁ、俺、本当にライター失格で、やっぱりパリッコさんくらい食べられないとダメだよなぁ」なんて言われることもある。僕もその場では「いや、それほどでもないっすよ」なんて、いい気になって謙遜してるんですが、あとからよくよく考えると、ふたり合わせての受け皿自体が極小なんですよね。

そんな日の帰り道、意地汚い酒飲みであるところの僕は、どうしても寝る前にもう一杯だけ飲みたくなってしまって、缶チューハイと「さけるチーズ」かなんかを買って、家で未練がましく飲んでから寝たりするのが定番。その一杯、どう考えても不要なんですが。

## トータル

ナオさんはブログに日記を綴《つづ》っていて、誰でも読めるようになっています。独特な視点や語り口がおもしろく、考えさせられることも多く、僕も愛読者のひとり。中でも一緒に飲んだ日の、自分が出てくる日記は嬉しく、「こんなことあったたあった！」とか、「へー、ナオさんはあの店をこういうふうに感じていたんだ」なんて再発見があって非常に楽しいです。

が、ただひとつ釈然としないのが、解散後、かなりの確率でラーメンを食ってから寝てるんですよね。店へ寄ったとか、カップ麺食べたとか、たまに「お湯だけ入れたまま寝てしまった」なんてこともあるけど、とにかくラーメン欲は確実に残っている。

え？　あのあとラーメン食べたなら、トータル一緒じゃん！

いや、むしろ自分は飲んだあとにシメを食べるという習慣がないので、振りかえればナオさんのほうが大食いともいえるかもしれない。もちろんナオさんが飲んでるとき、何かしらセーブしているなどと思っているわけではなく、好きな人にとってのシメのラーメンとはそのくらい魅力的で、別腹なものなのでしょう。自分も味わってみたいと思うんだけど、やっぱり次も、シメの酒を飲んでしまうんだろうなぁ。

って、この話、まったく「酒のシメ問題」の本質じゃなかったな。

スズキナオ

# 酒と親族 泥酔した自分たちを見せあう謎

## みんなが酔っている様子を冷静に見る

私の父は酒が強い。

強いし酒が大好きだ。グラス半分のビールで顔が真っ赤になる母に対し、父方の家系はみんなアルコール分解能力が発達しているようで、父の出身地である山形に帰省したときなど、宴会の酒量がすごい。

山形には私と歳の近いいとこたちが何人かいるのだが、みんなとにかく長時間にわたって飲んでいる。どれだけ飲んでも平然としている、というわけじゃなく、けっこう酔っている様子なのだが、そう見えてからが長いのだ。

そんな強豪たちを前にして私はいつもすぐ酔いつぶれてしまうほうで、せっかくの機会にあまり早くダウンするのも寂しいから、できるだけ少しずつマイペースに飲むようにしている。そうやってゆっくり飲むようにしてみるとどうでしょう。みんなが酔っている様子が冷静に見えてくるのだ。

同じ話を繰りかえしながら、ときおり「お前さっきから飲みが足らねえんだず！」と私のコップにドボドボ酒を注いでくるいとこ。屁で返事をしてくる父の兄。いつしかすっかり呂律がまわらなくなって、トイレのドアが見つけられずにウロウロしている父。

## 家族や親戚の前で酩酊

こうして酒に酔った状態を親戚どうしで見せあっているのって一体なんなのかと思う。アルコールは身体に変容をもたらすわけで、ドラッグの仲間だ。違法とされているあれこれのドラッグより、依存度や身体への悪影響はアルコールのほうがむしろ大きいとするデータを目にしたことがあるほどだ。

私はドラッグにぜんぜん知識がないけど、海外の映画なんかでそういう描写を見たり、ハードコアなラップの歌詞でそれらしきものに出会ったりしている範囲では、家族や親戚の前で酩酊しているってあんまりないんじゃないかと思う。むしろどんなにハマっているやつでも家族にだけはマトモな自分を見せていたい、というような印象。それがアルコールだけはなんでなのかＯＫになっている。ある宴会の途中で酔って記憶がなくなり、朝、畳の上に自分と自分の父だけが横になっているのに気づいたことがある。誰もいなくなった場所に父と息子がぶっ倒れているというこの状況、なんなんだ！　映画でも見たことないぞ！

## 祝祭的なニュアンス

ただ、これは幸いにも私の親戚たちが飲み方をギリギリのところでわきまえているゆえなのだと思うのだが、私はその、へろへろ状態を見せあう場面がわりと好きである。「まったく、しかたないんだからこの人たちは」と思いつつ、愛らしさを感じている。それは自分が酒が好きで、同じように自分がへろへろだからかもしれないのだが、どこかそこに愛着を持っているのだ。

いや、もちろん世間には「お酒を飲んで酔った家族や親戚がすごく嫌だった」という方も大勢いると思う。たまたま私はそれが容認できる程度で済んでいたということなのだろうけど、少なくとも自分にとっては、親戚たちとの飲み会とは、「それぞれ人生いろいろあるけど、みんなで今ここにいることはありがたいことだよな」という祝祭的なニュアンスを持つ場であった。

親戚たちと山形の天童の温泉に一泊して、宴会で調子が出てきて父やいとこや親戚たちと夜の温泉街に繰り出し、場末のスナックに入る。そこで親戚が歌う吉幾三《よしいくぞう》の『酒よ』が妙に良い。父のしつこいダジャレに店のママが無反応。翌朝、二日酔いで目を覚ますと「チャチャマンボ」というそのスナックの店名が入ったライターがポケットから出てきて……。そういうことが人生の重要なピースのひとつのように感じる。いや、本当にしょうもない場面ばかりなのだが。

## 忘れられないあの光景

私の実家はマンションの五階で、目の前が公園になっている。ある夜、仕事のあとに飲みに出た父が深夜になっても帰ってこず、心配になった妹が電話をかけまくるも不通。「これは近所を探しに出ないとなぁ」と妹がうんざり気味にカーテンを開いて窓の外を見たら、公園の小高い丘のてっぺんで伸びている父が見えたそうである。急いで起こしに行くと「いいんだ。俺はここで寝たいんだ」と動こうとせず「本当に最悪だった」と妹は語る。「窓の外を見たら丘の上にお父さんがいた、あの光景、忘れられないんだよね」と、それから事あるごとに妹は言うようになった。この世界に起こるすべてのことに意味があるというのなら、一体その場面を妹が見た意味はなんだったんだろうか。

## 酔ってへろへろになること

そんな父も最近ではめっきり酒が弱くなってきた。親戚たちと久々に集まってもまだ宵の口で寝床に引き上げていくことも多い。なるほど、そうか、と私は思う。私の番が近いのだ。世代が変わっていき、帰省するたびにいとこたちの子どもの背がガンガン伸びて驚く。この前まで高校生だったはずの少年が、もう酒が飲めるようになっている。しかもすごく飲む。

そこで私ができることといえば酔ってへろへろになること。そしてへろへろになりながらもできる限り迷惑をかけず、「こうやって親戚や家族みんなで集まって酒を飲めるっていうのはなかなかに恵まれたことなんだよ」と、いつの間にか受け取った伝言をまた回していくことでしかないのだ。

パリッコ

# 酒の席の会話

## 酒の席で何を話すか

「酒の席で政治、宗教、野球の話はご法度」なんて定説がありますが、これは、それぞれの信念が強すぎて意見がぶつかったときにヒートアップし、喧嘩にも発展しかねないからでしょう。お酒が入っていればなおさら。ほかにも、延々と仕事や恋人の愚痴を言っていたり、下世話な自慢話をしているというのも、あんまり好ましくありませんね。ではどんな話をすればいいか？周囲の先輩や良い酒飲みを見るに、「誰も傷つけず、正解も出ない話題」がもっとも向いているようです。

## 不毛なようで熱い先輩酒飲みたちの会話

漫画『酒のほそ道』の作者、ラズウェル細木《ほそき》先生をはじめとする先輩酒飲み軍団が何人かいて、ありがたいことに、僕やナオさんも飲み会に参加させてもらうことがあります。

この方々がもう十数年、毎年欠かさずやっているのが「駅弁大会チラシ飲み」。どういうものかというと、毎年年始に新宿の京王百貨店で、全国各地から名駅弁が集まる即売会、「元祖有名駅弁と全国うまいもの大会」通称「駅弁大会」が開催されます。約二週間、連日催事フロアに人があふれる人気で、もちろんみなさんもこのイベントの大ファン。ただし、一般的なお客さんとは視点がちょっと違う。告知が始まり、チラシの配布が始まると早々にゲットして、夜な夜な酒場に集合し、そのチラシを眺めながら、あーだこーだと議論を繰り広げる。「今年の一面はインパクトがある」「あの名駅弁にこんな限定品が！」「この弁当とあの弁当の名前をくっつけて、一番いやらしい名前の駅弁を作り上げたやつの勝ち」などなど……。

もちろん実際毎日のように会場に足を運び、きちんと売り上げに貢献する真っ当なファンではあるんですが、それはそれとして、夜は酒場でそのチラシを肴《さかな》に好き勝手言って、大笑いしながら飲んでいる。実際に駅弁を食べながら飲むわけじゃなし、何がおもしろいのかわからないという方もいるかもしれません。が、僕はこれこそが、酒の席の会話の理想形だと思います。

誰も傷つけず（その場に駅弁業者さんがいたら傷ついてしまう可能性がなくもないほど好き勝手言ってるんですが、いないので）、正解が出るはずもなく、そして本人たちは心底楽しんでいる。こういう平和なお酒の場、ありそうでなかなかないんですよね。

以前、そんな先輩酒飲みたちのうちの四人が、昼間っから新宿で飲んでいるという情報を聞きつけ、ちょうど近くを通る予定があったので、小一時間ばかり寄らせてもらったことがありました。僕が到着すると、すでにだいぶできあがったように見える面々が、いつになくヒートアップして何やら議論をしています。これはまずいタイミングだったかなと思いつつご挨拶をすると、全員がちらりとこちらを見て、さっとグラスを掲げ「はいお疲れ」って感じで小さく挨拶すると、またすぐ話に戻る。一瞬その熱気に呑《の》まれそうになるも、ひとまずお酒を頼み、よくよく話を聞いてみます。

「あったほうがいいことは間違いないんだよ」
「ただしあの、閉まりきっていない感じが美しくない」
「海老だけは許す。ほかはダメ！」

……どうやら「天丼のフタから天ぷらがはみ出ているのはありかなしか」で議論しているようです。結局この日、僕がいた間はずっとこの話題に終始していて、今思いかえしてみると何をそんなに話すことがあったんだろう？　と不思議なくらいなのですが、とにかく盛り上がってるし楽しい。と同時に、自分は「フタかぁ、あってもなくてもどっちでもいいかな……」というタイプなもので、ほとんど聞いてるだけだったので、「この人たちの掘り下げ力、半端ないな」と、あらためて驚愕させられました。

もちろん決してくだらないだけでなく、こういう何気ない蓄積が、『酒のほそ道』をはじめ、それぞれのお仕事の糧になっていくんだろうなぁとも。ちなみにその間、全員十分に一回くらいの超ハイペースでホッピーのナカをおかわりされていたので、店員さんとの謎の連携ができあがり、空になったグラスを頭上に上げて「ナカでーす」と一声発すると注文が通るというよくわからない状況。重ね重ね、この人たちの域には一生かかってもたどり着けないな……。

## 目の前のものの感想

最近、そんな酒の席の会話のひとつの究極が、「目の前のものの感想を言う」じゃないかと思っています。僕とナオさんが飲むとだいたいそれで、「この肉豆腐、牛ですね」「この炭酸水の瓶、かわいいですね」「あ、ウーロンハイが『ウロンハイ』になってる！」とか、そんなことだけをずっと言ってる記憶しかない。身になる内容はひとつもなく、「それ、会って飲む意味あるの？」って気がしないでもないですが、これが楽しくてたまらないんだから、お酒ってのはやっぱりおもしろい。

白鶴

スズキナオ

# 気になるあの店員さん

## ちょっとハードめな魅力を持つ居酒屋

東京の渋谷にある会社に勤めていた一時期、「細雪《ささめゆき》」という大衆酒場によく行った。今はもうなくなってしまった店で、先日その跡地を訪ねてみたらカルビ丼を専門に出すチェーン店になっていた。この店については、そこで過ごした時間が長いためにいろいろと思い出が多く、そのどれもが自分にとってかけがえのない宝物になっている。宝物というのは大げさだった。河原で拾った変な形の石ころみたいな。

井の頭線の乗降口のすぐわきにある店なのに、なんだか目にとまりにくい。散らかった厨房から出てくる刺身が怖いけど意外にもうまい。トイレがジメジメして洞窟のようである。ウーロンハイなどの割りもののメニューのアルコール分量がとんでもない。とか、まあそういう、ちょっとハードめな魅力を持つ居酒屋だったのだが、店員さんもまた個性的でおもしろかった。

料理をしながら酒を飲んで徐々に酔っていき、いつも閉店時間が近づくとベロベロになっている店長。そんな店長に一切構わず、体幹のしっかりした動きで飄々《ひょうひょう》と酔客をあしらっていく店長のお姉さん。それともうひとり、背が高くて声がデカくてたまにぜんぜんなに言ってるのかわからない初老の男性店員。私が店によくいた十九時～二十三時の時間帯はその三人の店員さんを目にすることが多かった。

## 閉店間際の店内で耳にした話

店長のお姉さんはだいたい二十時か二十一時ぐらいになると先に帰る。男性店員はその後もしばらく残り、いつも最後は店長だけになる。常連さんと店長と私と友人ぐらいしかいなくなった閉店間際の店内で、あるとき、衝撃的な話を耳にした。私が「そういえばこの前あの店員さんに言われたんですけど」みたいに男性店員の話をしたところ、店長が「あいつ？　店員じゃねえよ？」と言うのだ。「あいつは客だよぉ」と。「あれ？　そうなんですか？　でも注文とったり運んだり、レジからお釣り持ってきてくれるし、店員さんだと思ってました……」「あいつは客なの！　だけどいっつも来てっからそのうち手伝いはじめたんだよぉ」

「そうなんですか！　じゃあ給料は……」「ないよ。自分が飲んだ分も払って帰るよ」。

店員と客を兼ね備えた存在というものを、初めてそのとき、認識した。その男性店員（だと思っていた客）は、例えば私たちがお店の料理をケータイのカメラでパシャパシャ撮っていると「無断で写真ダメ！　最近ここの悪口ばっかりパソコンで書くやつがいて迷惑してるんだから」と注意しに来たり、でもそういう注意点さえ守れば気さくに店のおすすめ料理を教えてくれたり、なんというか、どこまでも店側の視点で動いている印象だったのだ。

それも「細雪」という店への愛ゆえだったのだろう。店への愛が深まると、人は客から店員へと近づいていくのだ。考えてみれば、「細雪」では、店長やお姉さんが忙しいときに常連客がすすんで料理を運んだり空き瓶を下げたりする姿を見かけたことがあったし、客と店員のラインをまたぎ放題の店だったのかもしれない。

## 琴ヶ瀬茶屋

その会社をやめてしばらくしたあと、大阪に引っ越した私は、あるとき、京都の嵐山にある「琴ヶ瀬茶屋」という店で瓶ビールを飲んでいた。桂川にかかる渡月橋、竹林の小道など、いかにも京都らしい景色を見ることができる嵐山はいつだって観光客で賑《にぎ》やかだ。そんな嵐山にあって、「琴ヶ瀬茶屋」だけはいつ行っても静かで、渡月橋付近の喧騒が嘘のよう。桂川と背後に迫る山肌とに挟まれるようにして作られたスペースで、川を下る観光船に近づいて飲み物や食べ物を販売しにいく「売店船」の停泊地と休憩スポットを兼ねている。

対岸に置かれた手漕ぎボートに乗ってお店に行くこともできる。「船に乗って飲みに行く」という行為のおもしろみもあって、私はいつもわざと少し遠回りして対岸からボートに乗ることにしている。ボートを漕ぎ慣れない私はいつもよろよろとした動きでなんとか対岸へ近づいていこうとする。川の流れはけっこう急なので「ひょっとしてこのまま流されるのでは」とスリリングな気持ちも味わう。すると茶屋の側で待ち構えている店員さんが「左動かさないで！ 右手だけ漕いで！」などと声をかけて誘導し、最後は鉤《かぎ》のついた長い棒でボートを引き寄せてくれる。茶屋にたどり着いた安堵《あんど》とともに味わうビールのうまさは格別で、陶然とした気持ちで細めたまぶたの隙間からは目の前の水の流れと、さっきまで自分がいた向こう岸の風景が見える。

# いつも釣りをしている店員さん

夏でも涼しいこの場所にはシーンと静かな時間が流れており、目に映る景色をぼんやり眺めながら心を空っぽにして過ごすことができる。さっき私を誘導してくれた店員さんは暇になれば釣り糸を垂れたり、ときには上空を旋回するトンビにエサをあげたりしている。また対岸から私のようにボートを漕いでくる客が現れては同じようにそれをサポートし、それが終わると再び釣り竿《ざお》を握る。なんと優雅な仕事だろうか。その後のある日、「琴ヶ瀬茶屋」を雑誌の仕事で取材させてもらった私が「ここはお店の方もゆったりしていて素晴らしいですよね。いつも釣りをしているあの店員さんがいいなーと思って」と言うと、「ああ、あの人はね、お客さんですよ」という言葉が返ってきた。「毎日毎日来て、そのうち手伝うようになったんです」とのこと。驚いた。「細雪」と同じだ。

最初はお客さんだったはずが、いつか気づくとすっかり店の人になっている。なんだか怪談みたいにも思える。あなたがよく行く店の店員さん、もしかしたら、その人、実はお客さんじゃないでしょうか？

パリッコ

# 酒場で出会った不快イ話

## 深イイ話？ 不快イ話？

『人生が変わる1分間の深イイ話』なんてTV番組がありますね。たった一分間の中にまとまるコンパクトさなのに、「うわ～いい話だ！」と人生が変わるほど感動してしまうような名エピソードをたくさん紹介する内容なのでしょう。恥ずかしながら、自分はこの番組に関してはきちんと見たことがないので、正確に語れず申し訳ないのですが。

ところで今回は、僕が以前酒場で遭遇した「え？ 最終的に当人たちどうしはいい話ふうにまとめたけど、あとの全員不快なんですけど！」っていう、いわば「不快イ話」を、一分間とはいわずとも二、三分で読めるくらいのエッセイにまとめてみようと思います。

# 平穏を切り裂く注文

あれは数年前の夏の午後。家の近所にわりと早い時間から飲める焼鳥屋があり、僕はそこで一杯やっていました。そこは、テーブル席に炭火がセットされ、自分たちで焼鳥を焼くことができる地元の名物店。この情報だけでお店を特定できてしまった酒場通の方も多いかと思いますが、その場合はスルーしておいてください。

自分で焼鳥を焼けるとはいえ、テーブルはどちらかというと、グループ客や家族づれがわいわいと盛り上がりながら飲む席。それ以外にもカウンターが十席ほどあり、一～二人のお客はそちらに着くことが多いです。僕もカウンターで飲んでいて、そこの焼鳥は大将自らが焼き場で焼いてくれるシステム。ただ、この焼き場が狭く、時間がかかってしまうこともしばしば。なのでまず先に串をまとめて何本か頼んでしまい、あとは煮込みやお新香などの一品料理をつまみながらのんびりと待つのが、ここでのうまい過ごし方と言えるでしょう。

幸い僕や数人の常連らしきお客さんたちはそういうことを知っていて、まだまだ明るい夏の日が差しこむ店内で、のんびりと飲んでいました。

異変が起きたのはそれからしばらくあと。カウンター席に、五十代くらいと思われる夫婦またはカップル客がやってきました。どちらも全身に英語でメッセージが書かれた派手なジャージ上下を着た、いわゆる元ヤンタイプ。生ビールをふたつ頼み、乾杯して上機嫌に飲みはじめました。僕は心の中で「うんうん、良い休日を」なんて語りかけ、再び自分の世界へ。

ところがすぐに、この平穏を切り裂く言葉を聞いてしまうことになります。

「オヤジ、とりあえずモモ二本ね！」

## 悪夢の始まり

あ、それだとけっこう待つかもな〜、もうちょっとまとめて、かつつなぎの一品料理も何か頼んでおいたほうがいいな〜、と思ったことは言うまでもありませんが、そんなおせっかいな言葉を初対面でいきなりかけるのもどうか。それに、焼き場がスムーズに進行していて、意外とあっさり焼鳥が彼らのもとに届く可能性だってある。

もはや気が気じゃないというか、のんびりと飲んでいるというわけにはいかない状態に突入してしまいました。自分のお酒とつまみを平らげたら帰ってしまってもよかったんですが、よし、今日はふたりが無事焼鳥にありつけるまでは見届けることにしよう。

「すいません、ホッピーセットおかわりで！」

ほんの少し、いや、かなりの好奇心も手伝い、新しく注文したホッピーを飲みつつ何気なく様子を見ていると、数分後、やっぱり僕の祈りも虚しく。

「焼鳥のモモ、通ってる？」

「今やってるよ」

言い忘れてましたがここの大将、すごく人はいいし常連さんたちからも愛されているんですが、威勢の良すぎるところがあり、こういうお客さんに対して引くなんてことはありえません。

また数分後。

「おせぇな～、まだかよ？」
「順番にやってるんだから待ってろよ！」

はい、完全に始まってしまいましたね。

「ハァ？　オヤジ、それが客に対する態度かよ！」
「うるせぇな、おめぇみたいなやつは客でもなんでもねぇよ。帰れ帰れ！」

なんとか若い店員のお兄さんが間をとりもちますが、男性はどんどんエスカレート。もう最後のほうは、腹の底から出せる限りの大声を出してるって感じで、店内じゅう、いや、外を歩く人々に対して「この店で自分は迷惑をこうむっているぞ！」と主張しているかのよう。

隣の女性も、たまに義務的に「やめなよ」って言うくらいで、あとはけだるそうにタバコをふかしつつスマホを見たりしています。

## 我々の立場は……

そもそも、気分を害したならとっとと別の店に行けばいいのに、そして大将も、もっときっちり言って出てってもらったらいいのに、手もとでは忙しそうに焼鳥を焼き続けている。そんな緊迫の状況が十五分くらいは続いたでしょうか。なんと信じられないことに、そのお客さんたちの焼鳥が焼き上がってしまいました。

「ほら焼けたよ！」

「チッ……おう」

渡すんかい！ 受け取るんかい！ って話ですが、そのあとがさらに衝撃。男性が、確実に本日マックスを記録する大声で言います。

「オヤジィ～～～～～!!!」

そして一言。

「……うまいよ」

もう店内全員、ズコーッ！ってなもんですよ。それを聞いて大将、「おう、そうかい、じゃあこれで仲直りだな」とか言ってるし。いやいやいや、けっこうな時間緊張状態を強いられた、我々ほかの客一同の立場は!?

以上、「え？最終的に当人たちどうしはいい話ふうにまとめちゃったけど、あとの全員不快なんですけど！」っていう、酒場で出会った「不快イ話」でした。

スズキナオ

# ずっとほどほどに酔っていたい

## ただ、飲みたいから飲む

尊敬する漫画家のラズウェル細木先生が「お酒を手段にするのはよくないと思うんです」と言っていた。「めちゃくちゃ飲んでストレス発散したい！」とか、「今まで言えなかったことを酒の勢いで言ってやれ！」とか、最初に目的があって、そこに近づくために酒を利用するとロクなことにならない。酒がうまいから、あるいは酒と一緒に味わう料理が美味しいから酒を飲む。ただ、飲みたいから飲む。「そうでなきゃね」、とラズウェル細木先生は言うのだ。

それでいうと私はぜんぜんダメで、とにかくほろ酔い気分を少しでも長く続けて生きていたいという目的が先に立っていて、それゆえに酒を飲む。だから例えば、多少無味乾燥な酒であっても、なんとなくほろ酔いになれるならそれで目的達成なのである。ふわーっと酔いのベールに包まれている状態が理想。それ越しにちゃんと周りの状況も把握できるぐらいの、うっすら透けているぐらいのベールでいい。

## 荒い波の上でサーフィン

外で飲んでいても自分を失うような状態にはならず、「そろそろ家に帰ったほうがいい頃合いだな」と思えばしっかりした足取りで帰ることができる。電車で寝過ごすこともない。家に帰ったらすぐパジャマに着替えて温かくして布団に入る。翌朝の寝ざめはもちろん快適。今日も元気に行ってきまーす！　と、それが私の理想のほろ酔い度合いである。しかし、もちろんそれを維持するのは難しく、ほとんど失敗する。

「今日は軽めにしてすぐ帰ろう」と思っていたのに飲み続けて終電を逃しているし、遠い駅から家までふらふら歩いてたどり着き、そのまま床で寝て、起きたら風邪をひいている。二日酔いのダメージが大きく、最短でも半日は使い物にならない。

酒を飲むのって荒い波の上でサーフィンしているようなもの。一瞬でもバランスを失えば容赦なく海面に叩《たた》きつけられるのである。死ぬこともある。だから、酒を飲む人は酒飲みに優しい。自分も何度も波に呑まれ、その強烈な力に翻弄された経験があるのだから当然だ。

## 酔いつぶれた老紳士

以前、東大阪にある布施という町の居酒屋で友人とお酒を飲んでいたとき、カウンターにひとりで座っていた老紳士が酔いつぶれて動けなくなってしまったのに居合わせた。そんなにジロジロとは視線を向けなかったけど、ブランドものらしききれいなシルエットのコートを着て、白い髪をキリッと整えたヘアスタイルで、歳の頃は六十代半ばぐらいに見えた。夕方から何かの会合があって、そこに集まった人たちと会食を楽しんだあと、すでにけっこう酔っているのに気分的には飲み足りなくてこの店にふらっと入ってきた、と、そんなふうな印象。あくまで勝手な推測だが。

最初はカウンターに突っ伏して眠っていた老紳士。ときどき体勢が崩れて椅子から転げそうになるので、お店の人に「危ないからちゃんと座ってくださいね」とか「そろそろ帰ったほうがいいですよー！」とか言われだした。それでも老紳士は「あー」とか「うー」としか反応せず、ずっとそのままの状態が三十分ほど続いた。お店の人はだんだんイラついてきたのか「困るわー！　もう二度と来んといて！」みたいに声を荒らげはじめ、とにかくもう店から追い出したいといった感じで、最終的には救急車が呼ばれる事態に。

## 悪いのは酒じゃない

するとと少し離れた場所でひとり飲んでいた男性がスッと立ち上がり、老紳士の体を抱き起こして店の外へとゆっくり連れ出しながら「まあ、たまにはこんなこともありますわ」「もうじき酔いが醒めますからね」みたいに何度も声をかけていた。その男性、お店の人が「もうあかん！　救急車呼ぼう！」と言いだしたときも「もう少し寝かせてあげたら落ち着くんちゃいます？」みたいに、できるだけ大げさにせず、とりあえず少し水を飲ませてあげて様子を見ようとお店の人に向かって提案していた。

老紳士が救急車で運ばれていったあと、静かになった店内で再び飲みはじめた男性。お店の人に「ホンマすまんかったなー！　なんでも好きなもの飲んでや」と言われるも、頑なに「いや、大丈夫です」と断り、ゆで卵と塩辛をつまみに黙々とグラスを傾けていた。

男性が老紳士にかけた「たまにはこんなこともありますよ」という言葉がいつまでも耳

に残った。さっき酒を飲む行為をサーフィンにたとえて、自分で自分の記憶が引っ張り出されたのだが、昔、私の友人がサーフィンをしていて波にさらわれて溺れかけたとき、救いあげてくれたベテランサーファーがいて、その人が、危なく死ぬところだった友人に向かって「サーフィンをやめないで。この経験で絶対にうまくなるから」と言葉をかけたという。そんなことを思い出した。悪いのは酒じゃない。バランスをとりそこなった自分なのだ。そして酒を飲んでいるとそんなことがたまにある。

## 鏡の世界に

別の友人から聞いた話でいまだに忘れられないものがある。その友人の住まいの近くに中華料理店があって、美味しいので行きつけていたそうだ。おつまみメニューも豊富で、ちょっと一杯飲むのにもいい店だったという。かなりの頻度で通っていて、お店の人も自分のことを覚えてくれているような親しさだったとのことだが、ある夜、その友人が飲み会でしたたかに酔って最寄り駅まで帰ってきた。そのまま大人しく部屋に帰ればいいところを、そういうときに限って「あと一杯」と思ってしまうもので、友人は千鳥足でその中華料理店に立ち寄ったのだという。

もちろんお店からすれば迷惑な話である。チューハイかなんか飲んで早速ウトウトしだした友人に対してお店の人が優しく「今日はそろそろお帰りになったほうが……」と声をかけた。友人も、行きつけの店に失礼があってはならないと薄れゆく意識の中で少しは思ったのだろう、ピョンと立ち上がり、「はい！　帰ります！　すみません！」と言ってお会計もせずに店を出ようとした。が、店から出られない。どうやっても外に出られないのだ。もがいていると、お店の人に「それ、出口じゃなくて鏡ですよ！」と言われたそうである。出口と反対側の壁に大きな鏡がかかっており、泥酔した友人はそっちに帰ろうとしていたのだった。後日、菓子折りを持って謝りに行き、きちんとお会計も済ませたということだ。

酔いながら冷静でいる。これは至難のワザだ。だが、人に迷惑をかけずきれいに酒を飲むにはどうしてもそれが必要なのだ。みんなで力を合わせて頑張ろう。まあとにかく、友人があのとき、鏡の世界に帰ってしまわなくてよかった。

パリッコ

# 酒と睡眠

## 睡眠の大切さ

酒飲みにとって、特に自分のような、基本的には毎晩お酒を飲んでいる根っからの酒好きにとって、決して軽視できないのが、「酒と睡眠」問題じゃないでしょうか。

ご存じの通り、睡眠とは人間が生きる上で必要不可欠な生理現象で、健康を保つための最重要事項と言っても過言ではありません。多忙を極めた漫画家の手塚治虫《てづかおさむ》先生に比べ、何よりも寝ることを好んだ水木《みずき》しげる先生がずいぶんと長生きされたという事実も、もちろんほかにもたくさんの要因が関係していたのでしょうが、やはり睡眠の大切さを物語っている気がしてなりません。

僕の経験上、夜から朝までぐっすりと質の良い睡眠がとれる酒量の上限は、ビールなら三五〇ミリリットル缶二本、缶チューハイなら五〇〇ミリリットル缶一本。個人差はあれど、驚くほど物足りないというか「飲んだうちに入らない」くらいでないと、ちゃんとした休息は得られないと感じるのが実際のところです。が、文字通り飲んだうちに入らないくらいの量で、いやしい酒飲みである自分が満足できるはずもなく、飲んだうちに入りすぎるくらい飲んでしまうのが毎夜のこと。これじゃ身体にいいわきゃないよ。

## 三大欲求に勝る酒欲

お酒をじゅうぶんに摂取してから入眠にいたるまでの過程は、驚くほどスムーズ。ときに飲んでいる最中からうとうとしだしてしまうこともあるくらいで（自分は特に）、記憶もおぼろげに、気づけば家のベッドのかけ布団の上で大の字になって寝ていた、なんて経験は、多くの酒飲み共通のものでしょう。

叩いても引っ張っても起きないようなこの昏睡状態、はたから見るとぐっすりとよく眠れているようですが、絶対にそんなことはありません。だって起きたとき、寝る前より確実に疲れてるんだもん。

体バキバキ、頭ふらふら、喉はカラカラ。きっと寝ている間、体を休めるより先に処理しないといけない優先事項が体内にありまくるのでしょう。「み、水……」とうめきながら布団から這《は》い出し、ガブガブと飲むコップ一杯の水のうまいこと！「酔い覚めの水は甘露の味」なんて言葉がありまして、そういえば甘露ってなんだっけ？と思い、今調べてみたところ「中華世界古代の伝承で、天地陰陽の気が調和すると天から降る甘い液体」だそう。なんだか想像以上にすさまじい液体だったわけですが、うん、確かにそのくらいうまいわ、あの水は。

幸い僕は、二日酔いがあまりにもひどい体質ではなく、飲んだ翌日、吐き気を抑えることしかできずに一日布団にうずくまっている、なんていう日は、あっても年に一度くらい。とはいえ、起きた瞬間は先述のような状態なので、御多分に漏れず「今日くらいは酒飲むのやめとくかぁ」とは思います。

思うんですが、その決意がまったく長続きしない。軽く朝食をとって歯を磨き、身支度して家を出る頃には、コロッとそんな気持ちを忘れてしまっています。

そして仕事をし、十五、十六、十七時とどんどん夕方が迫ってくると、もう飲むことしか考えられなくなっている。「今夜は飲み会の予定があるから、その前にあそこの角打ちでひとりゼロ次会をして……」とか「今日は絶対に刺身で晩酌したい気分だから、この順番でスーパーをチェックしつつ……」とか、とにかく頭の中は酒一色。毎度思うんですが、朝のあの気持ちはなんだったんでしょうか？　っていうか、永遠に学ばないのかな？　自分。

そもそも人間の三大欲求は、食欲、性欲、睡眠欲と言われていて、そこに「酒欲」は入っていません。それでも酒欲が睡眠欲に勝ってしまうんだから、酒飲みってのは本当にバカ野郎ですよねぇ。

## 休肝日の喜び

こんな僕でも、できれば休肝日は定期的に作りたいと思っているし、実際にお酒を抜く日もあります。ただし、これにはかなりの強い意志、精神力が必要。ここからはそんな僕の標準的な休肝日の様子をお伝えしたいと思います。

まずは朝、「今日くらいは酒飲むのやめとくかぁ」と感じながら起床。普段ならその気持ちを忘れている頃合いである、家を出る瞬間にもう一度心の中で、「よし、今日は休肝しよう、本気で！」と宣言します。それでも成功率は五割に満たず、夕方くらいにはどこで飲もうか考えはじめてしまっている日も多いんですが、日中もたびたび心の中で「今日は飲まない。今日は飲まない」と念じ続け、そのまま仕事終わりまでたどり着けばこっちのもの。スーパーへ寄って、奮発してちょっとだけいい牛肉を買うとか、惣菜売り場ででっかいチキンカツを買うとか、とにかくその日にご飯に合わせて食べたい食材を買って帰りましょう。

家へ着いたら迅速に夕飯の支度をし、普段晩酌のときには食べない白いご飯を茶碗へよそい、ゆっくりゆっくり、よ〜く噛んで、おかずと白米のハーモニーを楽しみます。

あぁ、好きなおかずで白いご飯を食べることって、こんなにも嬉しいことなんだ……そんな、酒飲み以外の方にとっては当たり前の幸せを久々に噛みしめながら食事を終えると、え？まだ夜の八時半!? お風呂でこれまたゆっくりと温まったら、たまったメールの返信をするも良し、読みたかった本を読むも良し、たわむれにストレッチなどしてみるも良し。

それでもまだまだ、普段の自分ならダラダラとお酒を飲んでいる時間。居間で間抜けヅラで晩酌している自分のゴーストを尻目に、今日はさっさと寝てしまいましょう。こんな贅沢《ぜいたく》なことってあるでしょうか？

翌朝の目覚めは爽快そのもので、この気持ちよさはちょっとクセになります。ていうかもはや、自分にはもう酒は必要ないのかもしれない、とまで思ったりもするんですが、その日の夕方には、やっぱり酒を想ってそわそわしだすのでした。

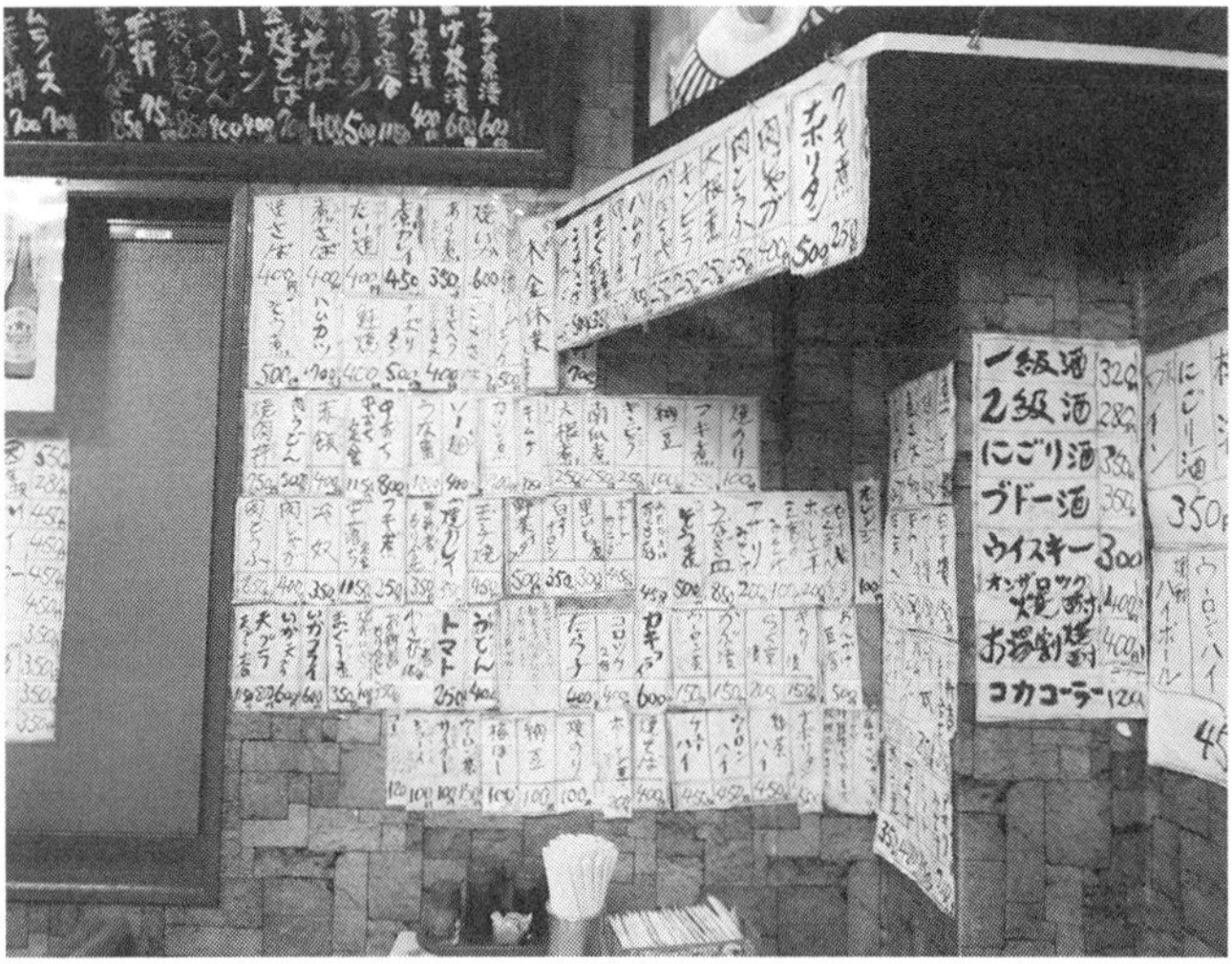

一級酒 320
2級酒 280
にごり酒 350
ブドー酒 350
ウイスキー 300
コカコーラー 120
ナポリタン 500
トマト 250

# パリッコ・スズキナオ

箸休め対談①

## 飲んで書いていれば酒エッセイ？

### 酒ドリブル

**パリッコ**　この本のために、お互い週一本のペースで原稿を書いているわけですが、どうですか？

**スズキナオ**　当初考えていたよりぜんぜんハイペースに感じますよ。

**パリ**　最初に書いた原稿とか、もうすでに「これ、自分が書いたんだっけ？」って感じ。

**ナオ**　このペースで酒のことを考えていったら、終わる頃にはもう酒に飽きてるんじゃないかと。

**パリ**　漫画の主人公の顔が連載中にどんどん変わっていくような感じで、いつの間にか酒の話ぜんぜんしなくなってたら笑えますね。

**ナオ**　『こち亀』の両さんみたいなね。

**パリ** 「今回は電車内でのマナーについて一言」。

**ナオ** 「若者が足を開いて座っていてけしからん!」って、普通に。

**パリ** 一応、飲みながらは書いてて、それでいいと思っちゃってる。

**ナオ** 飲んで書いてれば大丈夫っていう。

**パリ** しかしこれだけのペースだと、当初はもうちょっといろいろと深い考察なんかもできたらとか思ってたけど、何も考えられないですね。反射神経で書いてるような感じ。

**ナオ** わかります。「酒と○○」っていうお題を与えられて、「えーと、こんな話がありましたねー」って語りだすような。

**パリ** 「すべらない話」じゃなくて「思い出した話」。

**ナオ** 「前にあった話」。いっそあれなのかな、もう、お題を無茶にひねったほうがいいのかな。「酒とドリブル」とか。

**パリ** ははは。体動かす系と酒って、「最後吐く」ってことしか思い浮かばないです。

**ナオ** 「酒とドリブルは別々にしようね!」っていう結論しかない。

**パリ** あ、でもそこから連想していけばいいのかな。例えば「ドリブルのように飲む」。

**ナオ** 「酒ドリブル」、ハシゴ酒の新しい呼び方だ! パリッコさんだったら上野の立ち飲みストリートを、「カドクラ行って、肉の大山行って、あっち行って、こっち行って」って、

パリ　酒ドリブルで駆け抜けるでしょう。「すごいスピード！」っていう。

ナオ　酒で駆け抜ける！

パリ　めちゃくちゃドリブルうまいですよ。

ナオ　ただし、本当のドリブルはめっちゃヘタクソ。

パリ　ね。

ナオ　「あ、また変なほう蹴っちゃった！」酒のドリブルでもそういうやついそう。

パリ　いそういそう！　一軒目で飲みすぎちゃってゴールまで行けないっていう。

ナオ　そもそもゴールどこだろう。

パリ　家かな……いや、布団だ！

ナオ　ゴォォオオル！　スヤスヤ……。

パリ　ははは。

ナオ　意外と広がるもんですね。

パリ　そうっすね。ってふうに、無理やり広げていかないともう続かない感じではありますが、酒センスが鍛えられそうなことは確かです。

パリ　セン酒《シュ》がね。

ナオ　はは。セン酒っていう時点ですでにセンスがじじい。

**パリ**　間違いない。

## 客と店員の境界線

**パリ**　ナオさんのエッセイ「気になるあの店員さん」に出てきた、渋谷の酒場「細雪」の、店員っぽいお客さん。僕ももちろん接客されたことがあって、「ははは。いたいた！」なんて読んでたんですけど、ふと、よく行っている有楽町の地下にあるちょっと怪しい雰囲気の酒場で、この前自分がほかのお客さんのビールとかをサーバーから注いでたことを思い出して、「やば！」と思いました。

**ナオ**　もうすっかりなっちゃってたと。

**パリ**　まだこっち側のつもりではいたんですよ。

**ナオ**　もうあっち側ですよ！

**パリ**　でしたね。忙しそうなママに「ちょっとお願い！」とか頼まれて、常連さんがそういうことしてるのはよく目にしていたので、「ついに自分も！」って嬉しくなっちゃって。

**ナオ**　そうか、手伝わせてもらうのってどこか嬉しいんですよね。

**パリ**　認められた！　みたいなね。顔を覚えられるのの最上級というか。

**ナオ** ね。信頼されないと任されないですから。レジの会計なんて相当ですよ。

**パリ** 僕はその店ではレジはまだなんですけど、基本一番の常連さんが全部の席の伝票つけてるんで。

**ナオ** ははは！　常連さんすごいなー。それって、もちろん無給？

**パリ** 無給どころかマイナスでしょう。だって自分も飲んでるんだもん。

**ナオ** どこかでさ、「あの、ちょっとさすがにこれはもう店員だと思うんですけど、お給料って……」とはならないのかな。

**パリ** その瞬間「二度と来ないで！」。

**ナオ** ははは！「そんなつもりで頼んだんじゃないんで！」ってピシャリと。

**パリ** それを見てほかの常連が「さすがママ」。宗教に近い。

## スピード出世

**ナオ** パリッコさんの「酒場で出会った不快イ話」もおもしろかったです。驚きの展開だった。

**パリ** 本当にあれだけの話なんですけども。

**ナオ** いやー、いろいろな酒場に通ってないと出会えない、奇跡のイヤな場面ですよ。単純

**パリ**　に疑問なのが、そういう男性と一緒にいる女性ってどういう気持ちなんですかね。出来事をあらためて思いかえしてみるに、あの男性は、店員さんに対してきっちりクレームを言える自分、それを水に流せる自分、どちらにもナルシシズムを感じてる気がするんですよね。

**ナオ**　そうか、怒ってかっこいい、さらに許してかっこいいと。

**パリ**　人間が大きいとすら思っている可能性がある。

**ナオ**　うぜー！

**パリ**　で、男女問わず同タイプの人なら、気が合うのかも。

**ナオ**　もし彼女にそれを見せたいとかだとしたら、なんとかほかの形で頼むよ！

**パリ**　うんうん。カウンターに片手ついて、バッとジャンプして厨房内に入っていって、焼鳥焼くのを手伝いだすとか。

**ナオ**　そっちのほうがめちゃくちゃかっこいいじゃないですか！

**パリ**　非常識という点を除いてはね。

**ナオ**　客だったのがいきなり店員さんに。

**パリ**　スピード出世！　さっきの話とつながりましたね。

## 臨機応変な酒場力が必要な時代

**ナオ**　しかし真面目な話、そういう場面って、臨機応変な酒場力が問われますよね。厨房を見たら忙しそうなわけですよね。「この店、混んでるねー！」「活気あるね」とかポジティブに受けとめて、ほかに何か早く出そうなものがあるか聞いてみるとか、そのくらいの対応力は養っておきたい。

**パリ**　本当ですよ。

**ナオ**　でもあれなのかな、「今すぐ焼鳥食わないと死ぬ！」みたいな、なんかそういう日だったのかな。ものすごく時間もなくて。

**パリ**　コンビニ行け！　レジ前に売ってるよ！

**ナオ**　やっぱりフォロー不可能。

**パリ**　悲しいことに、世の中にはクレームチャンス待ちの人ってけっこういそうですよ。

**ナオ**　店員さんの上に立つことですっきりしたいみたいな。

**パリ**　また真面目な話になっちゃいますが、ＳＮＳで何かミスを犯した人を袋叩きにするのとかも同じ現象っぽい。

**ナオ**　そうですね。「チャンスがあればボコボコにしてやりたい」っていう。

**パリ**　そう考えると我々の「チャンスがあればちょこちょこ飲みたい」のほうが、まだ安全な思想かもしれません。

**ナオ**　うんうん。そもそも、ギスギスしたりするんじゃなくて、ほんわりするために飲みに行ってるんじゃないの!?っていう。

**パリ**　まさに。

**ナオ**　まあそれぞれの酒観があるか。

**パリ**　ですなー。

スズキナオ

# 高い酒と安い酒

## 「安い」という喜び

居酒屋に入って短冊メニューを見渡してみたらおつまみがどれも安い。チューハイが三〇〇円を切っている。そういうようなときに「おお！ 安いですねこの店」と言って喜ぶ。そしてさらに、どのつまみも美味しくて量もケチケチしてなくて大満足、美味しいお酒が飲めた！ というような感じであれば、「いやー！ 本当に安くていい店だったなー！」と、お会計のあとにまたはしゃぐことになる。

そのように、私は酒を飲むときに「安い」ということをかなり大きな価値基準にしている。大衆酒場が好きな人だったら「あの店、安いよね！」っていうのは褒《ほ》め言葉としてよく使っていると思う。

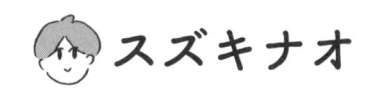

## 機内のビールは安い？　高い？

だが、もちろん、「チューハイが二五〇円だから安い」「生ビールが六〇〇円以上なら高い」、というような紙に書いて壁に貼っておけるような明確な基準が存在するわけではない。安さと高さは「この内容にしては安い」「これだけでこの値段は高い」というその都度の判断になる。

例えばＬＣＣ、格安航空会社の飛行機に乗ると、「飛行機代が安く抑えられている分、機内サービスが全部有料だということがある。機内で缶ビールを注文したら五〇〇円くらいかかる。コンビニで買うときのほぼ倍の値段ということになる。

だが考えてみてほしい、普段自分が過ごしている地面の上空数千メートルをすごいスピードで飛行しながら飲めるビールが五〇〇円である。かなり安いでしょ！　席によっては窓から陸地や海や一面の雲が見えたりして、それでこの価格。一缶一五〇〇円してもいいぐらいだ。飛行機を「空中移動式居酒屋」と考えれば、驚きのリーズナブル価格と言えるだろう。

さらに、なんと、目的地に連れていってくれるのだ。

そういう意味で、私は大型フェリーこそ最高の居酒屋だと思っている。空中居酒屋の最大の短所である狭っ苦しさがなく、広い船内歩き放題。好きな場所に陣取って思い思いのスタイルで酒を飲むことができる。この「水上移動式居酒屋」、私のこれまでの経験ではお酒やおつまみの価格も地上とそれほど変わらない。缶ビールもスナック菓子もせいぜい地上より五十円高いぐらいである。それで海が見放題。そしてこの居酒屋もまた信じられないことに、勝手に目的地まで連れていってくれるサービス付きである。

と、安い高いって本当に考え方次第だよなと思うのである。

## 最低限の線の背景にあるもの

前にこんな話を読んだか聞いたかした。スッスッスッと必要最低限の線で表現するようなイラストレーターがいて、決して凝《こ》った絵というのではないのだが、いつまでも見飽きないような、なんとも言えぬ味わいがある。けれども、いかんせん、一点のイラストを作り上げるのにそれほどの時間はかからず、はた目に見るとなんとも簡単そうに思えたりもするので、ファンの中には色紙かなんか持ってきて「ここになんか描いてください！」と強引にねだる方もいるのだとか。で、そんなときはまあ断りきれず「はいはい」と描いて渡すんだそうだが、もちろんその絵でお金はとれない。無料。

私も美術の素人なので、同じようなことを自分の好きなイラストレーターの方にお願いしてしまってないか不安なぐらいなのだが(いや、きっとあるな)、一見すると簡単に描いたような線であっても、そのイラストレーターがその線を引くに至るまでは例えば四十年、五十年ぐらいの間、いろいろな芸術に触れ、自分でも何度も絵を描いては、「ダメだこれじゃない」「これも違う」と試行錯誤を気が遠くなるほど繰りかえして、それで今その一本の線が引かれているわけだ。目の前で見ている部分はまさに氷山の一角、ほんの先端で、水面下にはその人が積み重ねてきた膨大ないろいろの塊がある。たどり着いた線がたとえラフに見えても、それは数十年分の価値のある作品なのだ。

## 大将のお母さんのポテサラ

と、そんな話を酒の方面に適用するならば、例えば、渋い酒場のポテトサラダ二五〇円。決して派手な一品ではない。ごくありふれたポテトサラダだ。だがそのポテトサラダは、厨房に立っている大将のお母さんが家の台所で仕込んだのを毎日開店前に運んできて出しているもので、そのお母さんは今年八十歳になる。八十年生きてきた人が作ったポテトサラダである。今年で開店から三十年あまりになるその店の、オープン当初から変わらぬ味。いや、実は常連さんの意見で「もう少しシャキシャキした食感がほしいな」というものがあったため、薄く切った玉ねぎを水にさらして辛みを抜いて入れるようになった。その玉ねぎの切り方が薄すぎても厚すぎてもダメで、水にさらす時間や水気のしぼり方にもコツがある。その絶妙な加減はお母さんがひそかな自慢にすら思っているようなこだわりなのである。はい、そのポテサラがなんと二五〇円。……安すぎる！

と、これは完全に妄想だけど、そんなことはそこらじゅうの居酒屋にあることだろう。安い高いの判断基準は目に見えるもの、そのときすぐにわかるものばかりではない。あとになって「あれって実はすごく安かったな」と気がつくこともある。手間をかけたもの、こだわって選ばれたものを適正な価格で提供してくれる店であれば、もうほとんど安いと言っていいんじゃないか！　と、頭では理解できるんだけど、どうしても二〇〇円台のチューハイを探してしまう。

パリッコ

# 終電逃し

## じっとしているほうがマシ

二十代くらいまでは、今より体力も時間もあり、生活もやぶれかぶれで、「足るを知る」という意味など知るよしもなく、とにかく毎晩めちゃくちゃに飲んでは、終電を逃して家に帰れなくなることが日常茶飯事でした。友達と飲んでいた場所でそうなったならどうとでもなるんですが、最悪なのが、帰ろうとして自宅のある駅を乗り過ごし、そこで上り電車がなくなってしまうという事態。思いかえしてみるといろいろなパターンがあったなぁと。

僕は今も昔も西武池袋線沿線に住んでおり、当時、東京二十三区を抜けたあたりから先で、マンガ喫茶があるほど栄えている駅といえば所沢くらいでした。今よりも金もなく、タクシーで帰るなんて論外。つまりこの沿線、運良く所沢で終電がなくなったとかでない限り、マジで壁や屋根のない場所で一夜を明かすしかない事態におちいってしまいがち。

あ、一度、西所沢という駅で終電がなくなったことに気づき、じっとしてるよりマシだろうと、歩いて帰ってみたことはありました。そこから当時の家まで、道路とかまったく無視した直線距離で約十二キロメートル。まだスマホもなかったので、線路と付かず離れず、たまに行き止まりに突き当たっては戻ったりしながら、五時間くらいかけて地元駅にたどり着いてみると、もうとっくに電車が動いていたということがあり、それ以来は「じっとしているほうがマシ」派の立場をとっています。

## 命の恩人たち

あるとき、あれは清瀬だったと思うんですが、終電を逃し、駅前になんにもないので、「どうしようもねぇやぁ」と、改札前の地面でただ横になり、眠っていたことがあります。

少し経った頃、誰かにポンポンと肩を叩かれ起こされました。なんだろうと思って目を開けると、まだ春先で夜は寒かったこともあったのでしょう。「お兄さん大丈夫？ こんなところで寝てると死んじゃうよ。さっき車で前を通ったんだけど、気になって戻ってきちゃったよ」と、三十代くらいに見える性格の良さそうなサラリーマンが心配してくれています。「いや、ぜんぜん大丈夫っス！ 自分、慣れっこなんで。もうすぐ始発も出ますし！ もうあと三時間もすれば！」なんて取り繕いますが、まだじゅうぶんに泥酔していることはあきらかで、本気で凍死でもされたらかなわんと思ったのでしょう。「家、どこなの？　送っていくから、車に乗りな」と言ってくれました。

何があるかわからない今の世の中、懸命な読者の方、特に女性などは絶対にここで「はい」と答えないでほしい、というか、そもそも酔っぱらって駅前の地面で寝ていないでほしいのですが、当時の自分は、そのご厚意に甘えてしまい、無事家まで送り届けてもらったということがありました。

またあるとき、どこだったかは忘れてしまったのですが、「こんなさびれた駅前に？」っていう場所に路上ミュージシャンがいて、お客もふたりくらいいて、帰れなくてすることがないので、自分もその演奏を聴いていたことがありました。同世代くらいの、いかにもロックンローラーって感じのロン毛の男性で、ブルーハーツとか、尾崎豊《おざきゆたか》とか、いわゆる定番どころのカバーオンリーのライブ。

ほかのお客さんはご近所だったのでしょう。深夜一時くらいにはサシの状態になってしまい、それでも一向に帰る気配のない僕。相手も困惑したでしょうねぇ。いよいよレパートリーもなくなり、「お兄さんこのへんなんですか？」「いや、実は終電をなくしちゃって……」なんて世間話をしていると、「うちでよかったら寝ていきます？」と、あまりにもピースフルなご提案が。

賢明な読者の方に対するアドバイスは以下略なのですが、すぐ近くのアパートにおじゃまし、ビールを一缶ごちそうになって乾杯し、絨毯《じゅうたん》の上で寝かせてもらえたありがたさ。さすがに後日お礼の手紙を送ったら、「いいよいいよ、それよりまた遊ぼうね！」なんて返事がきて、もはや顔も覚えていない彼とのやり取りはそれっきりになってしまったんですが、その後、音楽でビッグになってる誰かなんじゃないかなぁ。彼。

晩秋の池袋で終電を逃し、マンガ喫茶に行く金すらなくて、駅前の階段で寝ていたところ、朝起きてみると、一枚の新聞紙がふわりと体の上にかかっていたこともありました。二段ほど下には、同じく新聞紙をかぶって眠る、日雇い宿代節約系と思《おぼ》しきおじさん。自分だって楽な状況じゃないのに、単なる酔っぱらいの僕を気遣って新聞紙を分けてくれたのでしょう。夜はかなり冷えこむ時期だし、万にひとつ凍死の可能性だってあった。そう考えると、おじさんは僕にとっての命の恩人。いまだに深く感謝しています。

## 家に帰ることが最重要課題

ここまでは、どうしようもないテーマにもかかわらず人の温かみに触れたエピソードが続きましたが、基本的にそんなことは頻繁にあるわけでも、期待するものでもありません。自分の身は自分で守らなければならない。

そこで、終電逃しに慣れきってしまった僕がよくとっていた行動が「野宿」。

地元よりもだいぶ行きすぎた駅で目を覚まし、上り電車がなくなっている。こういう状況も繰りかえすと「え！　どうしようどうしよう!?」なんて慌てることがなくなります。冷めきった目で「またか……」とつぶやき、改札を出て、コンビニを探す。あれば勝ち。

何か温かい飲み物でも買いつつ、「ダンボールをもらってもいいですか？」と聞いて、大きめのものを二～三箱分けてもらう。「こんな時間に何に使うか聞かれたらどうしよう？」なんて躊躇《ちゅうちょ》しているだけ時間の無駄です。それを持ってすみやかに、駅前、公園などの公共スペースのうち極力、通行、景観の妨げにならない場所を見つけたら、ダンボールを筒状に広げて重ねてゆき、簡易ハウスを組み立て、その中で就寝します。

この驚くべき寝心地のよさ、文字通りハウス、家に匹敵しかねないもので、なんなら最後に寝酒すらしてしまうこともあったのですが、とはいえ読者の方には同様の経験をしてほしくないですし、近年の僕は、とにかくその日のうちに家に帰ることを最重要課題としてお酒を飲んでいることを付け加えておきます。

スズキナオ

# 酒と地面 私の失敗

## 酒の失敗で得るものなし

「酒には失敗がつきもの」「酒で失敗して大人になっていくのだ」というようなことは言いたくない気分だ。私自身が年齢を重ねてそう思うようになったのか、日本の社会における酒のありようが変わったことによるものなのか、そのどちらもなのかもしれないが、酒の失敗を嬉々《きき》として語るようなことは今は野暮なものに感じる。

その失敗が自業自得レベルで済んでいればまだいいが、酔って他人に迷惑をかけた話を「いやー！ やってしまいました！」という感じで大っぴらに披露するなんて、酒のイメージを悪くするだけ。いいことなし。というか、酒で失敗なんてしないほうが絶対いいに決まっている。

私には少なくとも、過去の酒での失敗から学べてよかったことなんてない。どれも最悪である。幸いにして、他人に迷惑をかけたというよりはまだ自業自得の範疇《はんちゅう》だとは思うのだが、会社員時代に何度か悲しい経験をした。

## 歩いて帰れる距離感が危ない

当時、私は東京の豊島区に住んでいて、池袋駅から地下鉄に乗って二駅先が最寄り駅。ＪＲの池袋駅からでも三十分ぐらい歩けば家に着くという距離感だった。職場は渋谷で、渋谷で多少深酒しても山手線の終電で池袋までたどり着きさえすれば帰ることができる。ほどよい距離を歩いて帰るのは適度な酔い覚ましにもなり、「ここに住むことにしてよかったな」と、気に入っていた。しかし、その歩いて帰れる距離こそが〝逆に危ない〟ということがある。

「どうせちょっと歩けば帰れるんだし」と油断が生まれ、池袋でもう一軒寄ったりしてしまうのだ。「人間、あとちょっとというところが一番危ない」と、何かの本で読んだ気がする。誰が何について書いた本だったかまったく思い出せないが。

とにかく「家まであともう少しだ」と思って余計な酒を飲み、ようやく家へ向かうことにするのだが、ついさっき〝適度な酔い覚まし〟などとすかした感じで書いた三十分という距離が、酔っていると途方もなく遠いものに感じる。特に夏の夜、アスファルトがやけに冷たく心地よさそうに見えるのだ。酔って体が熱くなっているからなおさらである。

「地面ってどれぐらいひんやりしてるんだろう。案外そうでもないのかな？　でも確かめてみないとわからない。どーれ、少し右半身を横たえてみよう」というような流れとなり、路上で寝ることになる。そして目が覚めると朝。「うお、寝ちゃってた！」と慌てて起き上がり、家へ向かいながら冷たい麦茶でも買おうと思ってカバンの中を探すが財布がない。「はいはいはい。はいはい。これね」と思う。「やっぱりこうなるわな。はいはい」、案外落ち着いている。なぜなら、もう三回目なのである。

## 罠にかかる酔っぱらい

あとで聞いた話なのだが、池袋や新宿など大きな駅の周辺では、酔っぱらって寝こんでいるサラリーマンたちをターゲットにして金品を奪っていく犯罪が組織的に行われているんだとか。それぞれ管轄エリアみたいなものがあり、毎晩そのエリアを巡回。主要駅ならだいたい毎日のように私の如《ご》き《と》酔っぱらいが横たわっているのだから、「しめしめ、今日も獲物が罠《わな》にかかってるぜ」という感じだろう。勝手にバンバン罠にかかってくる。しかも無防備で無抵抗。盗む側としたらこんな楽勝な相手はいない。聞いたときは都市伝説じみて感じられたけど、あってもおかしくなさそうな話ではある。

一度なんか、財布を奪っていった本人に「おい、そんなところで寝てると風邪ひくよ」と優しい言葉をかけられたことがある。「ありがとうございまーす」と言ってゆっくり体を起こし、しばらくして自分の記憶が巻き戻されるように、その男にリュックをガサゴソやられた感覚が蘇ってきた。しかし、もう追いかけようにもどこにも姿は見えない。

## 兄ちゃん、仕事ないなら紹介するよ

あとそうだ、上野の駅前の広場で眠りこけてしまったときは、明け方「荷物持っていかれちゃうから気をつけな」と優しく起こしてくれたおじさんがいて、「兄ちゃん、仕事ないなら紹介するよ」とまで言ってもらった。道で眠ると人の優しさが身にしみる……と、そんないい話をしているのではなかった。

そのようなことが何度かあり、ある日、買ったばかりのｉＰｏｄと財布を奪われたときに「もう絶対こんな愚かな過ちは繰りかえすまい」と心から誓った。以来、どれだけアスファルトがひんやりして見えようと、本能的なレベルでそこに横たわることを回避できるようになった。

あ、結局「失敗から学んだ」ということになるのか。あんな絶望的な気持ちを味わったのだから、せめて少しぐらいは学ばないと気が済まない。

かぶら屋
かぶら屋
煮込み・天ぷら・刺身
立呑み
大山店

パリッコ

# 平成おじさん

## 我こそが平成おじさん

あっという間に突入してしまいましたね、「令和」。

令和という元号が発表された瞬間のことは忘れようもなく、「京都までチェアリングの取材を受けに行く」という冗談みたいな状況のもと、ちょうど東京に出てきていたナオさんとふたり、新幹線で関西へ向かっていたのでした。そろそろ発表されるはずの時間になっても、車内の電光掲示板に速報が出るわけでもなく、ナオさんがスマホで「あれ？ なんか発表されたみたいっすよ」みたいなノリで見せてくれた動画に、官房長官の持つ「令和」の文字。それまでは「どんな元号になるんだろう～!?」なんてドキドキもしていたんですが、なぜか肩透かしとでもいうか、令和、れいわね、いいんじゃないの？ シュッとして、みたいなあっさり感。なんだか不思議な説得力みたいなものがある気がしますね。令和という響きには。

ところで、二〇一九年四月三十日。令和前夜。突然気がついたことがあります。「平成おじさん」という言葉があったでしょう。一九八九年に「平成」という新元号が発表された際、当時の官房長官、小渕《おぶち》さんの佇まいがなんだか印象的で、その小渕さんに付けられたあだ名というか。で、そのときから三十年間、平成おじさんといえばそれはすなわち小渕さんのことだった。けれども、時代が令和へと突入すると同時に、むしろ平成おじさんとは、平成の時代約三十年間を丸々生き、いまや立派におじさんとなった、自分たちの世代のことをこそずばり言い表す言葉となったのではないか？　と。具体的には、現在三十五～四十五歳くらいの男性って感じでしょうか。

## 二十数年前の酒事情

平成の元号が発表された当時、僕はまだ小学生だったので、さすがにお酒は飲んでいませんでした。大酒飲みだったというはらたいらさんのエッセイ集『今夜もハシゴ酒』を読んでいたら、まえがきにいきなり「土佐の酒飲み坊主だった小学生時代」という言葉が出てきて、これぞパワーワード！　と思ったことがありますが、さすがにそこまでの小学生ではなかった。でもまぁ、具体的には書きませんが、それから数年後には酒を飲むようになっていた。そこで思いかえしてみるに、ほんの二十数年前の日本の酒事情、お酒に対する人々の感覚って、今とは驚くほど違っていたんですよね。

大前提として、誰でもどこでも買うことができた。というのも、街なかの自動販売機で、普通に年齢確認の必要もなく買えたんです。一九九五年に全国小売酒販組合中央会が自主的な撤廃に動きだした結果、二〇一八年の時点で、購入する人の年齢確認ができない従来型の酒類自販機は、二十二年前の一・五％にまで減少。現在も完全撤廃に向けて動いているそう。この数値を見ても、当時はあまりにも気軽に酒が買えたんだなぁということが実感されますよね。また、飲食店の意識もすごく低くて、どう見ても中学生だろうと高校生だろうと、居酒屋に入ろうとして断られるということはほぼなかった気がします。入店時の年齢確認が急激に厳しくなってきたのって、僕がちょうど二十歳くらいの頃。自販機減少の動きともリンクしていますし、世間のお酒に対する危機感覚がどんどん高まっていった時代だったのでしょう。

「アルコールハラスメント」なんて言葉もまだまだ一般的ではなく、会社の飲み会は強制参加で仕事の一環。老いも若きも「一気」当たり前。世の中には酒が飲める人も飲めない人もいるというのに、そういう考え方の部分が多少マシになった今からはとても考えられない感覚だったといえるでしょう。しかし「飲みニケーション」って言葉、ダサいよなぁ……。

最たるものが「飲酒運転」で、信じられないことですが、当時はまだ、多くの人が「ちょっとくらいいいいんじゃない？」という認識だった。そもそも今でいう「道路交通法」の適用が開始されたのは、一九六〇年。当時は車自体の数も圧倒的に少なく、酒酔い運転に関する処罰は、最高でも「六月の懲役」と、驚くほど甘いものでした。もちろん徐々に法律は改正されていきますが、世間的な飲酒運転撲滅の機運が一気に高まったのは、一九九九年に東名高速道路東京ＩＣ付近で起きた、乗用車と大型トラックの追突事故。以降の厳罰化への流れはご存じの通りですが、やはり驚くほど近年まで、酒を飲んで車を運転することは、今よりもずっとゆるく考えられていたというわけです。

## 今回はすみません

これまで挙げてきた例を含む、お酒に関するすべての問題が、現在解決されたわけではありません。というか、酒＝ドラッグ。そもそも、問題がなくなるなんてことは今後もありえないでしょう。が、ほんの二十数年前と比べると、やっと少しはまともになってきているともいえる、日本人の酒に対する感覚。大きな変遷をたどった平成の時代を丸々生きてきた平成おじさんとして、その問題点とはきちんと向き合い、同時に少しでも、お酒には楽しくて幸せな部分もあるという側面を伝えていけたらな、なんて思っている次第ですが……うん、書き進めるにつれ、おどけたタイトルに反してどんどんユーモアのかけらもない内容になっていってしまい、もう今回はどうにもなりませんね、これ。

スズキナオ

# 終電逃し その二

## マンガ喫茶かタクシーか、それとも…

パリッコさんが「終電逃し」（P96）というタイトルで、酔って電車に乗り遅れたり寝過ごしたりしたときのことを書いていた。

それを読んでいると、遠い昔の出来事として薄れかけていた記憶が、まるでカップ麺にお湯を注いだかのように蘇ってきたのだった。私にもそんなことがあった……。

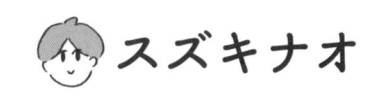

まだ東京に住まいがあった頃、私は地下鉄の有楽町線沿線に住んでいた。酒を飲んで酔った帰り、なんとか終電には間に合い、あとは自分の家の最寄り駅できちんと電車を降りさえすれば問題なし、というところで、そうはいかずに終点まで寝過ごす、ということが何度もあった。

有楽町線の終点が和光市という駅で、目が覚めるとそこである。今はどうだかわからないけど、その頃の和光市駅前は、深夜一時近くとなると、時間を潰《つぶ》せる場所がそれほどなかった。マンガ喫茶はあったのだが、朝までのパックを利用すると確か二五〇〇円ぐらいはかかった気がする。あとはチェーン居酒屋が何軒かあるだけだったような（もっと探し回れば終夜営業しているお店はいろいろあったのかもしれない）。

タクシーに乗ると、自宅までおそらく四〇〇〇円ぐらいはかかる距離だったと思う。マンガ喫茶が二五〇〇円、タクシーが四〇〇〇円。明日も朝から会社である。この場合どっちを選ぶ……いや、どっちも選ばない。

「二五〇〇円あれば明日も飲みに行けるじゃないか」と、その頃の自分は考えていた。ここでマンガ喫茶を選ぶとしたら、どこかで飲みの機会を一回ガマンしなければ帳尻が合わない。それは嫌だ。それなら俺は歩く！　と、いつも歩いて帰ることにしていた。休まず歩き通しでも三時間半ぐらいはかかる。和光市からの暗い夜道、まだ酔いの残った体には長すぎる距離。悪夢のように思い出す。

## 酔った勢いで

もっと遠くから歩いて帰ろうとしたこともあった。横浜駅の近くで友人と飲んでいたときのこと。友人が飲み会の途中で、最近付き合いだしたという彼女を呼び、三人で歓談しているうちに気づけば東京方面へ帰る私の終電の時間が過ぎていた。

横浜に住む友人は「うちに泊まっていきなよ」と言ってくれたのだが、なんだか幸せそうな友達と彼女が急にうらやましく思えたのだろう、「いいわ！ 俺、歩いて帰るし！」と言ってうしろも振りかえらず適当に歩きだした。酔った勢い、愚かだ。

横浜からどっちのほうに歩いたらどれぐらいで東京に着くのか見当もつかなかったが、もう行くしかないという気持ちになっていた。その頃はナビのついたスマホも持っていなかったし、道路標識の文字を頼りに歩いたんじゃなかっただろうか。

だが、歩けど歩けど東京にはたどり着かない。今調べてみると横浜駅から東京駅まで三十数キロはあるようだ。一時間歩いたぐらいですぐ疲れ、近くにあった公園のベンチに座ってタバコを吸った。一休みし、再び歩きだそうとしたとき、公園のゴミ捨て場に「キックボード」が捨てられているのを見つけた。車輪のついた細長い板からT字のハンドルが伸びていて、片足でケーンケーンと蹴って進む、あのキックボードである。

捨てられてはいるが、じゅうぶんに使えそうである。「これで東京までの時間が短縮できるぞ！」と思った。ロールプレイングゲームの中で新しい乗り物が手に入って、その後の移動が一気に快適になるようなあの気分。

## キックボードで夜が明けて

そのキックボードを拝借し、嬉しくて大笑いしながら夜道に漕ぎ出したのだが、キックボードに乗るのはそのときが人生で初めてだ。乗ってみてびっくりしたのだが、けっこう難しいのだ。片足をボードに乗せ、もう片足で蹴る、まずそのバランス感覚に慣れるまでが大変だ。また、そのとき手に入れたキックボードがかなりチャチなものだったのかもしれないが、ちょっとした段差でも乗り越えられず、蹴った勢いそのままに前方へずっこける。

さらに、坂道がかなり辛い。わりとゆるやかな勾配《こうばい》でも、上り坂になると蹴っても蹴っても進まず、体力をどんどん消耗する。急な坂だと、手に持つしかない。アイテムを手に入れる前より苦しい旅になっている。

しばらく休んではキックボード、疲れ果ててはしゃがみこみ、またキックボード。そうしているうちに明るくなってきて、どうやら近くに駅があるらしいので、もうそこから電車に乗ることにした。それが確か東神奈川という駅で、横浜駅から電車で数分の距離だとぁとで知った。私は一体何をしていたのだろうか。

## あの不思議な時間

そんな「終電逃し」の辛さをなんとかポジティブなものに昇華できないかと思い、数年前、物好きな友達に集まってもらって「あえて終電を逃して歩く」というのをやった。終電で池袋駅に集合し、明け方までみんなで歩く。そのときは池袋から護国寺、千駄木、上野、浅草へと歩き続けた。始発が走る時間になったら解散である。

深夜の寺でお参りしたこと、「この居酒屋よさそう!」と思っても閉まっていて行けないのを知ったこと、上野動物園の近くで一休みしていたら静かな闇の中から動物の鳴き声が聞こえたことなど、その夜のことは妙に印象に残っている。歩き続けていると不思議に酒を飲む気にもならず、みんな黙々と足を前へ前へと出していた。あの不思議な時間。久々にまた、あえて終電を逃してみたくなってくる。

パリッコ

# 酔猫～初夏の公園にて～

## クリアクーラー

令和元年五月五日、日曜、午前十時十分。自宅近くの石神井公園内某所のベンチでプシュと缶チューハイのプルトップを引き起こし、一口飲んだ。

銘柄は「アサヒ クリアクーラー 沖縄産シークァーサーサワー 五〇〇ミリリットル」。アルコール度数は六％。サンダルに七分丈のズボンに半袖Tシャツという服装で、ただ外にいるだけで、まるでぬるま湯に浮かんでいるかのような初夏の陽気。そんな日にぴったりな気がして、コンビニの棚から選んで引き抜いたものだ。つまみはなし。

朝食を食べさせ、ひとしきり元気にはしゃぎ回った娘がぱたんと朝寝を始めてしまい、妻に断って散歩に出てきた。そう長く眠っているということもないだろう。タイムリミットは四十分くらいか。

目の前を赤や黄や青の服を着たランナーが走り抜けてゆく。見知らぬ父親と小さな娘。たどたどしい足取りで父のあとを追いかけながら、何か一生懸命にしゃべりかけている。ゆっくりと前を通り過ぎる老夫婦。遠くのベンチには真っ白いTシャツを着た老人が座っているが、特に何もしていないようだ。

空は快晴。視界には過剰なまでに濃い緑、緑、緑。あちこちからピチュピチュピチュと、鳥の鳴き声がサラウンド状に聞こえてくる。かすかに混ざるカラスの声だけが少し無粋にも感じるが、こんな真っ当な場所で朝から酒を飲んでいる自分はむしろカラスの側、いや、それすらカラスに失礼な話か。ちなみに今、視界の中で幅を利かせているのは、ハトでもスズメでもなくムクドリ。オレンジ色のくちばしと足に愛嬌がある。

何口目かの酒を口に含む。ふと、さまざまに重なりあっていた音が一瞬止《や》み、次に左から右へ、サーっと風が吹いた。頬を撫《な》でる風の心地よさを肴に、コクリと飲みこむ。爽やかでとてもうまい酒。頭の芯にふわりとした酔いが広がりはじめていることに気づく。

## 健康な人々

人が増えてきた。

視界の隅にサッカーのリフティング練習の少年。遠くのテニスコートから、ポーンポーンとボールを打ち合う音。白Tシャツの老人が、思い出したかのようにストレッチを始める。みんな、趣味であれ健康のためであれ、体を動かしていて、とても美しい。

この原稿は、iPadにタッチペンで殴り書きしている。読書をしていると勘違いしたのだろう、目の前を通り過ぎた母娘が、「こんなところで本を読むのって気持ちいいだろうね」と話しているのが聞こえた。まったく同感。この公園のそばに住めていることを特別な幸運に感じる。そして、そんな美しい空間にいる人間の中で、あきらかに自分が一番不健康。情けないような笑えるような複雑な感情が胸に去来しつつ、酒がうまい。

見上げると、ついこの間まで華やかに咲き誇っていた桜はすべて散り、競いあうように青々とした葉を広げている。花も好き、花見も好きだけど、やはり自分はこの緑が好きだし「葉見」のほうが好きだ。

## 人間というより「自然」

それにしても風が心地いい。座っているベンチのスルスルとした手触りも、着ているTシャツをさすってみた感触もたまらなくいい。「あれ？ 自分の歯ってこういうふうに噛み合わさってたっけ？」ゆっくりと確認する。けっこう酔っぱらってきているようだ。

十時二十七分。酒が尽きた。もっと買っておけばよかったという気持ちがなくはないけれど、この優雅ながらもコンパクトな時間こそがひとり公園酒の醍醐味。

気づけばムクドリが数羽、自分の足元を忙しそうに歩き回っている。あまりにもボーッとしている自覚はあるから、人間というよりむしろ「自然」に近づいているのかもしれない。

もう一度周囲を見まわすと、一切合切何もかもが輝いている。

「地球最高」

そのまま十分間ほど、極上の無の時間をじっと堪能したあと、おもむろに立ち上がる。家に帰ってまた日常を再開するのだ。三十分前とはあきらかに違う、ふわりふわりとした足取りがとても愉快。

さて、今夜の晩酌のつまみは何にしようかな……。

名もなき
生ワイン

スズキナオ

# 新幹線でどう飲むか

## こだま号に乗る理由

月に一回程度、大阪から東京へ行く機会がある。できる限り交通費を安く抑えるべく、私がよく利用するのがＪＲ東海ツアーズの「ぷらっとこだま」というチケット。普通にキップを買ったら一四五〇〇円ぐらいする新大阪から東京までの片道料金が一〇〇〇〇円ちょっとで済む(しかもキオスクで使えるドリンク券もついてくる)のだが、そのかわり「こだま号」に乗る必要がある。新大阪―東京間が、のぞみ号なら二時間半程度なのに対し、各駅に停車するこだま号だと四時間ほどかかる。

一刻でも早く目的地に到着したいというビジネスマンのことはわからないが、私にとってはたまにしか乗れない新幹線の貴重な時間がより長く味わえる上に料金が安いという奇跡のようなチケットが「ぷらっとこだま」なのである。欲を言えば六時間かかってもいいからさらに半額になってほしい。

## チップスターの本領

新幹線に乗る直前の、酒とつまみを調達するために売店を歩き回っている時間の楽しさは無上のもの。私のつまみはいつも決まっていて、まず外せないのがチップスターである。ヤマザキビスケット社のチップスター。あの赤や緑の筒に入って売られているやつ。「成型ポテトチップス」と呼ばれるもので、じゃがいもを一度全部細かくカットして形を整えてから揚げている。それゆえの、なんというか、ちょっとチープな食感がある。それが私は好きである。

チップスターの「うすしお味」を買い、三枚か四枚ずつ重ねて食べる。ときには五枚重ねることもある。そうやって食べていくとすぐなくなってしまう。一枚ずつちゃんと間を置いて食べればいいのに、と思いもするがやめられない。一気食いである。新幹線が動きだして十分ぐらいしか経ってないのにもう食べ終わっている。

しかしここからチップスターが本領を発揮するのだ。空になった筒を首のうしろに置き、背もたれに体を預けてみると、ちょうどいい首枕になるのだ。新幹線は快適だけど、長時間同じ姿勢で座っているからどうしても首が凝ってしまう。チップスター枕でそれが軽減される。筒の中は空洞なのでクッション性が高い。「ひょっとしてこの筒って枕用に作られたんじゃないの？」と思ってしまうほどしっくりくる。中身を一気に食い、空の筒を枕にひと眠り。たっぷり寝て起きたつもりでもまだ目的地まで二時間以上あったりするのがこだま号のいいところである。

## シュウマイラブ

ここまでチップスターのことしか書いていない。しかし、新幹線の酒の友として、私が本当に愛しているのはシュウマイだ。

東京から大阪へ帰るときは崎陽軒「昔ながらのシウマイ」の十五個入りを必ず買う。当然みなさん、大好きだろう。一個口に入れるたびに、「なんて完璧なバランスなんだ……」と感動する。サイズは小ぶりで、しっかりした歯ごたえがある。冷めても美味しいし、醤油をつけなくても美味しい。もちろん、「ひょうちゃん」の描かれた、あの醤油入れも大好きだが、カラシだけで食べるのが最近の気分である。

十五個っていう数もいいんだ。開けた瞬間に「わぁ、たくさんある！」と思い、一個食べたあとに「こんなに美味しいものがまだあと十四個もある！」と思う。

東京から新大阪へ向かうときは崎陽軒の「昔ながらのシウマイ」を調達するのだが、逆に新大阪から東京へ向かうときはどうしているかというと、551蓬莱《ほうらい》の「焼売《シューマイ》」を買っていくのである。551蓬莱というと「豚まん」が有名で、大阪土産の定番になっている。確かにあの豚まんはとんでもなく美味しいのだが、一個のサイズも大きく、酒のつまみには不向きである。ここはやはり「焼売」だ。

新大阪駅の新幹線の改札内に551蓬莱のショップがあるのだが、そこではお土産用のチルド品しか取り扱っていないので注意していただきたい。改札外にあるショップではそのまま食べられる焼売が売られていて、これの十個入りを買う。

崎陽軒のシウマイよりもひとつずつのサイズが大きく、食感はすごく柔らか。焼売の餡《あん》は豚まんと同じものを使っているそうで、玉ねぎの効いた、やみつきになる味わい。うますぎる。ただ、よく言われることで、551蓬莱の豚まんや焼売の匂いはけっこう強くて、新幹線の車内だと少し気になるという。窓側の席で小さくなって食べてる分には迷惑になるほどではないと思うのだが、多少の配慮は必要かもしれない。

## 売店へGO！

東の崎陽軒、西の551蓬莱、どちらのシュウマイもそれぞれの良さがあって甲乙つけがたい。その違いを確かめながら大阪と東京を行き来する。私にとってそれが何よりの喜びである。目的地に行くために新幹線に乗っているというより、もはやシュウマイを食べに新幹線に乗っている状態。

ちなみにこれは重要なことなのだが、こだま号にはワゴンでの車内販売がない。自販機もない。乗る前に買ったシュウマイとチップスターと缶ビールが底を尽きた場合、途中に停車した名古屋駅や静岡駅などで、こだま号がのぞみ号に追い抜かれるまでの五分ほどの間にホームの売店で購入する必要があるのだ。

自分が乗っている車両から売店までの距離がけっこうあったりするときは、これがかなりスリリングなのである。猛ダッシュ。お釣りを待つ間に「間もなく発車しまーす」みたいなアナウンスが聞こえてきたりして、背中にゾワッと汗をかき、なんとか乗車に成功。ホッとして飲む缶チューハイが、またなんとももうまいのである。

パリッコ

# 素面《しらふ》面《づら》

**誰もがしている素面面**

何人かで飲んでいてたまに「酔ってる？」って聞いてくる人いません？

いや、今日は酒を飲みに来たわけであって、なぜ酒を飲むかと聞かれれば、端的にいえば酔っぱらうためなわけであって、しかも一緒に飲みはじめてからしばらく時間が経っているのだから、そりゃあ完全なるど素面ということはありませんよ。ただ、まだまだ頭はしっかりしていてほろ酔いの範疇だし、「やばい、俺、酔ってるな～」って感じじゃない。ていうかそこで「うん、酔ってるよ」なんて返答するやつ、なんか妙に素直で気持ち悪いじゃないですか。そこで「いや、酔ってないよ」と返すわけですけれども、完全に一ミリも酔ってないわけじゃないから、自分の中にどこか釈然としない気持ちが残る。そもそも、いる？その質問。

別に、絶対に禁句！　と言いたいわけじゃないんですが、この世の中でもかなり意味のない質問のひとつだな〜と思うわけです。たとえるなら、そうだな、久しぶりに会った瞬間、「太った？」って聞いてくるやつ。あなたが私を以前より太ったと感じたなら、それはもうほぼ間違いない事実でしょうよ。それをわざわざ確認し、「うん」と言わせて、一体その会話から何が生まれるのか？　そのくらいの意味のなさ。

## 酔っているほど「酔ってない」

ともかく、多少なりとも酒に酔った状態で「酔ってない」と答えた時点で、人は「素面面」をしているということになりますよね。この素面面にもいろいろな段階があるなぁと。

世の酔っぱらいというものは、酔っていれば酔っているほど「酔ってない」と言いはる傾向にある気がします。

場末の酒場でべろんべろんになり、トイレに行こうとしてあっちへふらふら、こっちへふらふら、店員さんが「大丈夫？　〇〇さん、ちょっと飲みすぎだよ」なんて声をかけると「あ？

バカ野郎おらぁまだ酔っぱらってね～よ！」なんて息巻いているおじいさん、きっとあなたも見たことがあるでしょう。

逆に、そこまで酔ってないんだけど、ついうっかり袖をひっかけてグラスの酒をこぼしてしまったときなどは、「酔ってないよ」って言うと余計にかっこ悪い。そういう理性が働いているので、「ごめんごめん、まだそんなになつもりだったんだけど、ちょっと酔っぱらっちゃったのかな～」なんて言いがち。あぁ、酒飲みって滑稽《こっけい》。

僕が実際に見た一番ひどい例だとこんなのがありました。夜遅め、満員とはいかないまでも、七割くらい乗客が乗り、立ち客もいっぱいの電車内。ドアのそばに立っていたひとりの中年男性が、あきらかに泥酔してふらつき、ガツンガツンと周囲の人にぶつかって眉をひそめられています。

ある駅で停車した瞬間、車両の揺れがきっかけになったのでしょう、その男性、バターンと派手に床にひっくりかえってしまいました。これを見た両サイドのサラリーマンは、今まで迷惑をこうむっていたにもかかわらず、上半身を起こしてあげて「大丈夫ですか？少しこの駅で降りて休んでいきましょう」と声をかけてあげています。なんて心のきれいな方々。ところが男性、「大丈夫大丈夫、ちょっとふらついただけだから！」と、ぐらんぐらんな状態で立ち上がり、その場にい続けようとします。この騒ぎに気がついた駅員さんもやってきて、「あなたが大丈夫でもほかのお客さんに迷惑だから！とにかくいったん降りましょう」「大丈夫だって！」の押し問答。一、二分はその状態が続いたでしょうか。なんと男性が強引に押しきり、電車はそのまま発車することになったんですが、一瞬で何百人もの人々に迷惑をかける素面面もあるということ、同じくときに泥酔してしまうことがある身として、深く心に刻まなければいけないないなと。

## やっぱりお願いしようかな……

お酒を飲んで記憶がなくなるまで酔っぱらうことほど無意味なことはありません。それでも忘れた頃に繰りかえしてしまうのが、酒飲みとして未熟な点。

ひどいときは、ひとりでトイレへ行ったとき、鏡に映った自分の顔を見ながら、「うんうん、今日はまだそれほど酔っぱらってないな」と感じた瞬間の記憶は残ってるんだけど、その前後をまったく覚えていない、というどうしようもないこともあります。たぶん席に戻ってから、いい気になって素面面をしていたんだな～と思うと、顔から火が出そう。

幸い僕の場合、今のところ、酔って他人に暴力をふるった、裸になった、お店を破壊した、セクハラした、大号泣していた、などの報告を受けたことはなく、ただただ「寝てたよ」と言われるばかりなんですが、だからいいってもんじゃない。というか、飲み会の途中に寝てるってぜんぜんよくない！

あの……やっぱり、こんど僕と飲む機会があったら、たまに「酔ってる？」って確認してもらってもいいですかね……。

¥378
¥247
¥227
¥172
¥172
¥420
¥292
¥324
¥270
¥432
¥184
¥194
¥150
¥162
¥194
¥194
¥194
¥432
¥513
¥194
¥292
¥259
¥183
¥140
¥184
¥367
¥648
¥356

スズキナオ

# 新しい酒のことわざ

## 酒は百薬の長（笑）

スーパー銭湯のサウナに入って室内に設置されたテレビを見ていたら、空欄に入る字を当ててことわざを完成させるというクイズにタレントが答えているところだった。「○○は百薬の長」という問題に、「これはもう完璧」といった自信満々の表情を見せ、「酒は百薬の長！」と答えると、画面がピカピカ光って「正解です！」と司会者。

私は汗をダラダラと流しながら、「酒は百薬の長」という言葉を頭の中で繰りかえし、いやいやいや、さすがにもう今の時代、胸を張って「酒は百薬の長！」とは言いにくいよなーと思った。酒の害のさまざまな面が科学的にもあきらかになった今である。言うとしてもせめて「酒は百薬の長（笑）」と表記するぐらいのニュアンスにはしたいところだ。

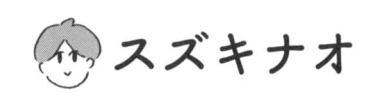

調べてみると「酒は百薬の長、されど万病の元」という定型の文句もあるそうで、まあ昔から「酒は百薬の長、ただしほどほどであればね」ぐらいの感覚で使われていた言葉なのであろうけど。

## 酒に関することわざ・格言

酒に関することわざというと、そのほかに、「酒は飲んでも飲まれるな」が思い浮かぶ。ことわざというか、格言か。これはよくわかる。「酒にコントロールされるな、酒をコントロールせよ！」ということだ。「酒が酒を飲む」という言葉もあるらしい。酔いが進んだら酒を飲んでるのはもはや自分の意志ではなく、酒そのものなのだ！という。インパクトのある言葉だ。

それに対して「酒は百薬の長」式の、酒飲みに都合のいい言葉でいえば、これはどうか。「朝酒は門田《かどた》を売っても飲め」。「門田」というのは、家の門のそばにあるもっとも大事な田んぼのことだそうで、それを売り払ってでも飲んだほうがいいぐらい朝酒はうまいよ、という意味だ。いやいやいや、いくら普段の仕事時間から解放された朝の酒が気持ちいいといっても、「門田」を売るほどでは絶対ないだろう。ぜひ、落ち着いて考えてみてほしい。

また、贅の限りを尽くすようなことを「酒池肉林」と言う。酒が池の水ほど大量にある状態。体ごと飛びこんでガブガブ飲むような。これもまた「門田」を売るやつと同じ類《たぐい》の、酒に対する過剰なテンションを感じる。そんなたとえになるほど、酒というのは贅沢を示す基準だったということだろう。

酒に関することわざ・格言って、ほかにもなんかあったはずだよな、と考えこみ、「あ、そうだ、『酒は天下の回りもの』だ」と思い当たった。そしてそれから少し遅れて、「いや、酒じゃない、金だ」と思い直した。

## 金と酒

しかしどうだろう、「酒は天下の回りもの」という言葉、それほど違和感がないように思える。美味しい日本酒が手に入って宴会に持っていく。「これはなかなか貴重なお酒でねー！」とか言って誰かに飲ませようとすると、「こっちもこっちも！」と、一升瓶が人から人へわたっていくようなイメージ。隣の人にお酌して、それがまた隣の人へとつながって、気づけばみんな友達だ！みたいな。

というか、私はさらに「金」に関することわざの「金」を片っ端から「酒」に置き換えてもぜんぜん違和感がないことに気づいたのだった。

「時は酒なり」……。どうだろう。この言葉のすごみ。「いいか、若いの。時間というのはな、酒なんだよ」と、謎の老人がまっすぐこっちを見ながら言ってきたら、「ああ、本当に、そうですよね」と思ってしまいそうではないか。

「地獄の沙汰も酒次第」、「酒の切れ目が縁の切れ目」と、どれも、それぞれ意味ありげだ。暇なとき、いろいろなことわざの大事な部分を「酒」に置き換えてみるといい。それによって自分が成長したり、人生が前進したりすることは一切ないが、少し時間を潰せる。

## 酒のニューことわざ

ことわざや格言というものが歴史の中でどんなふうに生まれていくのかわからない。だいたいは古くから伝わるものだったり、歴史書の中の一節だったりする。しかし、今の時代だからこそ生まれた「ニューことわざ」だってあっていいはずだ。酒についての「ニューことわざ」はいくらでも思い浮かぶ。

「発泡酒とて酒は酒」。どんな高級な美酒も、コンビニの発泡酒も、アルコールに違いはない。飲んで酔ってしまえばみんな同じである、というような意味。

「翌朝の麦茶に勝る酒なし」。いくら酒がうまいと言っても、飲み疲れた翌朝にゴクゴク飲む麦茶の透き通った美味しさにはかなわない、ということ。

「酒のせいにすると鬼が殴る」。自分の犯した過ちを、さも酒のせいであるかのように語って責任を逃れようとすると、鬼が怒って殴りに来る、という意味。

このように、自分が考えた適当な「酒のニューことわざ」をみんなで発表しあうという飲み会はどうだろうか。それによって仲が深まったり、友達の意外な一面を知ったりするということは一切ないが、とりあえず少し時間を潰せる。

パリッコ

# 老舗酒場

## 歴史を重ねるごとに高まる敷居

大衆酒場とはその名の通り、我々一般庶民がなんの気がねもなくお酒を飲める店。が、営業年数を重ねるにつれ、どうしても威厳や風格が出てきてしまうのは、酒場文化の長い歴史を考えれば当然のことでしょう。いわゆる、老舗酒場というやつですね。

その上例えば、

・飲んできた客お断り
・団体客お断り
・大声でしゃべるの禁止
・店内写真撮影禁止
・というか店内でスマホをいじるのも禁止

・以上が守れない場合、即退店

長年の歴史とお店の雰囲気を守る方針であるならばしかたないながらも、こんな暗黙のルールがあることを聞いたら、人によってはその敷居が、鴨居の高さくらいに感じてしまうかもしれません。

実は、上記すべての条件を満たすお店が実際に存在します。事情が事情なので店名は伏せますが、東京都台東区にある、「О《オー》」という老舗酒場。

気になっていながらもこれまで未訪だったのですが、先日仕事で近くに行くことがあり、絶好の機会とばかり訪れてみたところ、これがものすご～く良い酒体験だったのでした。

## 憧れの老舗酒場へ

五月末、よく晴れて暑いくらいの平日午後三時すぎ。お店の営業が十五～二十時ということで、一見の僕が初めて来店するには良いタイミングだったかもしれません。自分の住む西武線沿線とは違う、下町独特の雰囲気たっぷりな街を散策しつつ、小さな街道に突き当たったあたりにポツンとお店はありました。古い古い平屋の大衆酒場。紺色に白抜きで店名が書かれた暖簾《のれん》が風に揺られているさまが、すでに神々しい。店内はしんと静まりかえり、外から様子を窺うことはできません。少しの緊張感とともに木製の引戸に手をかけ、カラリと開けて入店。

すぐに白い作業着姿の大将と目が合い、小さく、しかしはっきりと「ひとりです」と告げると、無事、真ん中が切れた変則コの字カウンターの一席に通してもらうことができました。

何はともあれ、一杯飲みましょう。飲み慣れたものがあればそれがいい。メニューに目をやると「焼酎ハイボール」がある。まさか「酎ハイ」などと省略したりせず、これまたはっきりと注文します。グラスに氷とカットレモンを入れ、保冷庫にある大きな瓶から焼酎（銘柄は店内にポスターのあるキンミヤでしょうか）を入れ、アズマ炭酸水の瓶、それからサービスであろう白菜のお漬物とともに運んできてくれた大将。目の前で、グラスの七分目くらいまで自ら炭酸を注いでくれました。その一杯の存在感の、なんと清涼であることよ。

次の瞬間、僕が足元に直置《じかお》きしていたカバンに目をやり「お兄さん、カウンターの下にフックがあるからそこにかけな」との助言が。「あ、気づきませんでした。ありがとうございます」と言いながらカバンをかけていると、「もうちょっとこっちに来たほうがいいよ」と、フックの前の位置に椅子をずらしていいという心づかいまで。

あれ？ 大将、優しい……。

## 追い求めていた肉豆腐

チューハイを一口飲み、その説明不可能な美味しさに悶絶しつつ、あらためて店内をぐるりと見渡します。

もっとも意外だったのが、広々とした空間の気持ちよさ。実はもっとこぢんまりとした、隣のお客さんと肩寄せ合って誰もが遠慮がちに飲むようなお店を想像していたので、その天井の高さや、贅沢な空間の使い方にまず驚かされました。カウンターのうしろには長い窓が広がっており、すりガラスではない箇所から、広々とした庭が見えます。あふれる緑を反射する陽光が差しこむ店内は、現世と隔離された秘密の園のよう。

カウンター、椅子、壁、すべてが年季の入った木製。目の前の棚には寸分の狂いもなくビールなどの酒類が並びますが、その中に一本、アメリカのクラフトビール「BLUE MOON」が置いてあるのを見つけ、勝手にストーリーを想像してほほえましく感じてしまったり。

壁にはずらりと真っ白な紙に書かれたメニュー短冊。「牛もつ煮込み」「冷奴」「山かけ」といった定番から、「炒飯」「目玉焼き」「豚肉生姜焼き」さらには「ライス」なんていう、意外と食事もしっかりとれそうなメニューまで幅広く、かなりの数。その中に大好物の「肉豆腐」の文字を見つけ、今日はこれでいくことに。

絶妙な美味しさの白菜漬けでチューハイを三分の二ほど空けた頃、肉豆腐到着。二×二×三センチメートル角ほどにカットされたコロコロとした豆腐が十片、すべての面を濃い茶褐色に染めて鎮座しています。静かにひとつを箸で割ってみると中は真っ白で、その対比が芸術的。それから、薄切りの豚肉が数切れに、カラシ。以上。

まずは豆腐二分の一片を口へと運ぶと、クリアな醤油ベースの甘辛いタレと、滑らかな食感のハーモニーがたまりません。慌てて「もしや？」と、豚肉を一切れ食べてみる……確信しましたね。これこそ、僕が追い求めている肉豆腐の味だ！　決して家庭料理とは違う、味の濃い、それでいて凛とした空気をまとった、大衆酒場の味。お客さんに酒を飲ませることを第一の目的として磨き上げられてきた、歴史そのものの味。何気なく選んだ一品にこんな感動が待ってたりするから、やっぱり大衆酒場って最高だよなぁ。

## 酒場とお客の関係性

先客は、常連と思しき六十歳前後くらいの男性がひとりだけ。店内に一台あるＴＶの相撲中継を見ながら、カボチャの煮物とチーズをつまみに、静かにチューハイをやっています。やがてグラスが空いたところで「チューハイ！」と一言。おかわりを受け取ると、あきらかに年上であろう大将にタメ口で「○○も最近ダメだね〜」などと話しかけ、大将も気さくに「そうですね〜、怪我もありましたしね」なんてノリで応じています。

な〜んだ、こわいなんて噂《うわさ》も聞いていたし、もちろん緊張感はあるけれど、マナーさえ守っていればごく普通の大衆酒場じゃないですか。事前の情報がないと知りえない暗黙のルールがあるとはいえ、一度目は注意されるだけだそうですし。

僕は常々、酒場とお客の関係性は「人対人」だと思っています。酒場は場所や飲食物を提供する。客は対価を払う。基本的にはそれだけのことであって、「金を払っているんだからサービスを受けて当たり前」なんて態度は言語道断。となれば、お店側だって好きにルールを設けていいし、気に入らない客がいたら追い出してもいい。つまりは、どちらも対等であるということ。

考えてもみてください。友達を家に呼び、お酒やつまみは持ち寄りで、楽しく宴会をしていたとしましょう。そんなとき、ひとりが調子にのって、勝手にベッドの下をまさぐり「エロ本発見～！」と引っ張り出す。メンバーの中には、今あなたがちょっと気になっている女子もいる。無論、事前に「ベッドの下の勝手なまさぐり、及びエロ本の発見禁止」の通達をしておいたわけではないけれども、「ちょ、お前、ふざけんなよ！」とそいつを追い出したとして、誰が文句を言えるでしょう。

酒場の本質って、そういうことなんじゃないかなって思うんです。え？　たとえが悪すぎ？「〇」の大将は、確かに世の一般的な飲食店の店員さんの中でも、群を抜いてぶっきらぼうでした。でも、こわいというのとはあきらかに違う。

チューハイをおかわりしたとき、大将は、さっき僕がそうやって飲んでいたのを見ていたのでしょう。「全部入れちゃおうか？」と、炭酸水をグラス七分目まではなく、すべて注ぎきってくれました。グラスの十分目で表面張力を保ち、しかし一滴たりともこぼれていない二杯目のチューハイは、先ほどにも増して美しい輝きを放ち、僕の心に深く刻まれたのでした。

パリッコ・スズキナオ

箸休め対談②

# あらゆる店がスタンド割烹？

## お互いに見えていなかった店

**パリッコ**　昨日、ちょっとおもしろいことがあったんですが、聞いてもらってもいいですか？

**スズキナオ**　もちろんです。

**パリ**　とある出版社の編集者さんたちと渋谷でひとつ仕事を終えて、軽く飲みつつ今後の打ち合わせをして帰りましょうってことになったんですよ。で、「渋谷ならどのへんで飲むんですか？」って聞かれて。

**ナオ**　渋谷難しいですよね。「細雪」（P56）なくなっちゃったし。

**パリ**　そう！　我々が大好きだった、渋谷の奇跡と言われた、あの安くて小汚くて最高な店。ど駅前にあるのに、ほとんどの人がその存在にすら気づかず素通りするので、「見える人にしか見えない店」なんて呼んでましたよね。

**ナオ** うんうん。

**パリ** その細雪の話をちょっとしたりして、みんな「へ～、確かに知らなかったですね～」なんて。それで、ひとりの女性編集者さんが学生の頃から行ってる、落ち着けて魚介系の料理が美味しいお店があるそうで、そこに行ってみようってことになったんです。

**ナオ** いわゆるちょっと良さそうなお店ね。

**パリ** そしたらなんと、場所が細雪の二階で。

**ナオ** はは！

**パリ** 「細雪、ここの一階にあったんですよ！」って言ったら、「そんな店ありましたっけ？」って。

**ナオ** 横の階段を登ってるのに知らない店。

**パリ** そこまで存在感なかったかっていう。

**ナオ** そういえばありますよね、二階にそんな店。一度飲んだことあります。……いやなかったかも？ 記憶が薄い。

**パリ** 我々にとっては二階こそが見えない店だった。同じ酒好きでもこうも視野が違うんですね。

**ナオ** その幅がいい。得意分野というか。

**パリ** ただ、反省もありました。例えば美容室とか、自分があんま興味ないジャンルのお店は見えないけど、酒場は一応視界に入ってるだろうという自負があったんですよ。ぜんっぜんそんなことない！

**ナオ** そうですねー。無意識のうちに行きたい店とあんまり行かなそうな店を仕分けてる。例えば、「割烹《かっぽう》」とか言われるとちょっと見えなくなりますよ。

**パリ** 見えないなー。ただ、「スタンド割烹」になると見える。

**ナオ** 見える。

## スタンド割烹

**ナオ** しかし「スタンド割烹」ってあれは何？ 立ち料亭？

**パリ** 地元に、看板にスタンド割烹を掲げてる店あって、僕も前にびっくりしたんですが、そこ別に立ち飲み屋じゃないんですよ。

**ナオ** わー！ 騙《だま》された。

**パリ** 衝撃の事実でしょ？

**ナオ** そうか、スタンドって「止まり木」的な？

**パリ**　京都の「京極スタンド」とかの感じなのかな。

**ナオ**　それか店が建ってるっていうこと？　もしくは店員さんが立ってる？

**パリ**　わはは！　なら逆に座ってる店のほうが珍しいから、そっちに名前つけたほうがいいですよ。「シットダウン割烹」とか。

**ナオ**　はは。店員さんが座ってる店、いい。一之江の「大衆酒場 カネス」は、カウンターの中の煮込み鍋の横に女将さんが座ってましたね。

**パリ**　最高でしたね。九十歳を超えて亡くなる前の年まで座ってたらしいです。東池袋のラーメン「大勝軒」の山岸《やまぎし》さんがご存命のときも、大通りに面してリニューアルした店舗の外に椅子出して、ただ座ってたな。

**ナオ**　ただただ、座ってましたか。

**パリ**　ただただ座っているだけで価値のある人。

**ナオ**　一緒にいるみたいな気持ちになるというか。「飛行機のキャビンアテンダントさんが離着陸するとき、座るでしょう。あのとき、グッと身近に感じる。この人も一緒の乗り物に乗ってるんだなって。

**パリ**　座るって本当にすごいですね。

## 入口に座っている人の重要性

**パリ**　ところで、よく考えると「割烹」って言葉の意味がぜんぜんわからないので、今調べてみました。そしたらおもしろい！「食品を割《さ》き、煮炊きすること。調理、または料理すること。『割』は包丁で切ること、『烹』は火を使う調理法」。

**ナオ**　単に「料理」のことなんだ！

**パリ**　確かに「割烹着」って言いますもんね。

**ナオ**　そうだ。そしたらでも、だいたいの店で割いて烹《ほう》じてますよ。

**パリ**　してないほうが珍しい。「昨日、肉野菜炒めを割烹してたらさ～」も、意味として間違ってない。

**ナオ**　ぜんぜん大丈夫。するとますます「スタンド割烹」ってなんだよっていう混乱がすごい。さっき話してた「店員が立っている店」説を生かすなら「立って料理する店」。

**パリ**　どこもそうだよ！

**ナオ**　俺もだよ！

**パリ**　「マクドナルド」なんて。

**ナオ**　肉を割いてますからね、美味しいハンバーグにしちゃって。

**パリ**　かなりのスタンド割烹だ。

**ナオ**　座ってるマクドナルドの店員さん見たことないな。入口に店長が座ってたらおもしろいっすね。

**パリ**　はは、何も手伝わないでね。ニコニコして。

**ナオ**　新聞広げて読んでたりね。あ、でも、あれか！　あのピエロ！

**パリ**　あー、大きいマックにいる！　ベンチに座って。

**ナオ**　ね！

**パリ**　あのピエロとカネスの女将さんや大勝軒の山岸さん、意味的に同じだったのか。

**ナオ**　ははは。やっぱり店員が座ってる店はいい店。というわけで、座ってる人がいると説得力が増すということを、これからお店を出す人はぜひ覚えておいてほしいです。

**パリ**　ですね。ぱっと見、時給の無駄なんだけど、不思議と繁盛するから大丈夫。……つーか、ぜんぜん関係ない話してた！

**ナオ**　あ、この章のエッセイを振りかえる場所でしたね、ここ。

**パリ**　忘れてた！

# 新種目「柔らかい床ゴロゴロ」

**パリ**　この章は、終電を逃す話とか、お酒の失敗談なんかが目立ちました。

**ナオ**　酒のしょうもない失敗って、こうして振りかえるぐらいしか価値ないですよね。

**パリ**　ないな～。

**ナオ**　本当に毎回懲《こ》りてます。

**パリ**　ね。もう、懲り疲れましたよ。

**ナオ**　懲りにこりごり。

**パリ**　へへ。

**ナオ**　たまに、終電逃して歩いて帰ったみたいな話をしたら、平然と「まあ、でも三時間でしょ？ 歩けなくないよね」みたいに言う人がいる。

**パリ**　違うよー。違うんだよーもー。

**ナオ**　違うんです。

**パリ**　スタスタスタ、じゃないんすよね。

**ナオ**　そうそう。酔ったあとなんですよ！ というか酔いながらなんですよね。

**パリ** ぜんぜん酔ってる。
**ナオ** オリンピックだってあれ、あなた、泥酔してやったら、記録どうなります!?
**パリ** 全員溺れてゴールたどり着けないよ？
**ナオ** はは。水泳なんだ。危ないなー。
**パリ** 酔ってやって危なくない競技あるかな？
**ナオ** 危なくない競技ないですね。高跳び、怖いなー。体操、怖いなー。
**パリ** 絶対ダメ！ 酒酔い状態でのオリンピック禁止。
**ナオ** 国際的に禁止です。それか、新しい競技を考えるしかない。「ニコニコしながらハイタッチ」とか。
**パリ** なるほど。それも、転んでも怪我をしない床で。
**ナオ** ははは。「柔らかい床ゴロゴロ」。うなりながら。そういう状態で歩いて帰るわけですよ。だからめちゃくちゃ大変なんですよね。
**パリ** わかったか！
**ナオ** こっちの苦労が！

## 「星を、見つけたよ」

**パリ** つって、完全に自業自得なんですけどね。

**ナオ** 自業自得、略してジゴク。愚かすぎる。酒を飲まない人がちゃんと自分のリズムで明日の仕事にそなえて布団に入ってるとき、こっちは見たこともない道を歩いてますから。

**パリ** 川をわたるとき、しばらくキラキラした水面見てから移動したりしません？

**ナオ** しますよ。

**パリ** 道端の「ご自由にお持ちください」の食器、ゆっくり物色したり。帰れよ！

**ナオ** はは。荷物をより重くしちゃって。僕は和光市から池袋方面へ歩いて帰ることが多かったんですが、途中急に視界が開けて、星がすごいきれいなんですよ。

**パリ** へー、いいな。

**ナオ** 暗いから星がたくさん見える。感動しましたねー。

**パリ** 多感になってるしね。

**ナオ** そうなんですよね。さっきまで一緒に飲んでいた、無事帰れた人々に「星がきれいだわ」とかメールしましたもん。無視ですね、大抵。

**パリ**　はは、あるある！ 負け惜しみとかじゃなくて、「電車にはない良さがあったよ」って伝えたくなる。「こっちもこっちで楽しいよ」と。

**ナオ**　そうそう。「星を、見つけたよ」。

**パリ**　うるさいなー。

**ナオ**　迷惑だなー。

**パリ**　気をつけましょう。としか言えない。

**ナオ**　ほんとです。

## グラスは少なしボトルは多し

**パリ**　ナオさんの「新しい酒のことわざ」の話おもしろかったです。勝手に新しいことわざが生まれる瞬間ってありますよね。

**ナオ**　あります。ことわざって古いの多すぎでしょ。新しい時代にしかない感覚もあるだろうと。

**パリ**　「酒をこぼすは水の倍恥ずかしい」っていうのを考えてみました。

ナオ　いいですね。「酒に酔って酒をこぼす」。

パリ　あ、いい。深そうだけどそのままの意味。「酔うが勝ち」。

ナオ　深みがあります。負けでもあるような。「マグナムボトルの大後悔」。

パリ　かっこいい！「飲めると思ったんだけどな～」。

ナオ　はは。「安い！ボトルにしよう！」ってサイゼでやって、翌日ほんと後悔します。

パリ　「グラスは少なしボトルは多し」

ナオ　いい！

パリ　「さればこそ、かち割りワインはちょうどよし」

ナオ　ははは。おもろいっす。居酒屋の壁に貼ってありそう。

パリ　なんなんだっていう。酔っぱらいの戯言。

ナオ　常連じじいが達筆で書いたやつね。

パリ　そんな書ばっかり残したじじい。

ナオ　居酒屋にあるそういう色紙の展覧会やりたいっすね。居酒屋アートの世界展。

パリ　志が低くていいな～。

ナオ　誰も来ない。

パリ　まさかこれほどまでに来ないとは。

**ナオ** 主催者の我々も行かないくらいの。

**パリ** はは。どうしようもない。飾ってあるサインで、絶対に読めない、誰が書いたかを横に書いてあったりもしないやつあるじゃないですか。

**ナオ** あるある。

**パリ** あれがいっぱい並んでる展覧会もやりたい。

**ナオ** 難読サイン展。

**パリ** 「これは誰かね~?」「○○子って書いてある?」。

**ナオ** 「いやーどうだろうねー! ま、いっか、どうでも」って。

## 「あ! わかったぞ今」みたいな感覚

**ナオ** パリッコさんの「酔描」っていうのも、なんかよかったです。詩情を感じるような。

**パリ** ありがとうございます。一度、飲んでる状況、リアルタイムで記録してやれと思って。

**ナオ** 酒スケッチというか。よく考えたらヤバいですね。意識の変容をそのまま描写するって。

**パリ** 公園で酒飲んでると、遠くで子どもが遊んでる足元から砂埃《すなぼこり》が立ちのぼったりして、本当にただそれだけの光景なのに、なんか感動しちゃうときがあって。

**ナオ**　ありますね。勝手に泣きそうになる。

**パリ**　ああいう感覚、形に残るものじゃないですよね、基本。

**ナオ**　スピッツの『運命の人』の歌詞で「バスの揺れ方で人生の意味が解かった日曜日」（作詞：草野正宗）ってあるでしょう。あれみたいに「あ！　わかったぞ今」みたいな感覚になることもありますよね。

**パリ**　めっちゃある！

**ナオ**　「これが生きてる意味なのかな」みたいな。すぐ消えるんだけど。

**パリ**　すぐ消える悟り。その瞬間は本気で感動してるんだよな。バカだよなー。

**ナオ**　けどずっと繰りかえすでしょう。

**パリ**　一生ね。

スズキナオ

# 酒場のカオス

## もうぁとへは引けない

かなり昔の記憶なのだが、友達と繁華街で飲んだあと、近くにあった大きなゲームセンターにふらっと立ち寄った。なんとはなしに、あれもＵＦＯキャッチャーの一種ということでいいのだろうか、半球のカプセルの中に飴玉だの小さなマスコットだの、雑多なものが入っているのをすくい上げて、動くバーの上に落とす、そのバーが落としたものをグイーッと押してくれて、取り出し口まで上手に押し出せたらそれをもらえる、というようなゲーム機で遊んだ。

私がやったのはラムネかガムかがあらかじめ取り出し口のそばにうず高く積まれているもので、射幸心をあおるというか、その塊を少しだけ押し出せばバランスが一気に崩れてガラーっと大量のお菓子が落ちてきそうなふうになっている。

　もちろん、ゲームセンター側もよく考えていて、うず高く積まれた菓子は重さもあるのだろうし、高く積まれすぎて突っ張り棒のような役目を果たし、簡単には落ちてこないようになっているようだ。だけど、「あと少し、あそこに落とせれば、これ一気にいくでしょ！」みたいに思ってしまう。一プレイ一〇〇円。酔った勢いで三〇〇円ぐらい投入してしまうと、もうあとへは引けなくなった。惜しいのだ。もう少しなのだ。

## ゲーム王に、会えた！

　しかもここで今私がやめて、次の人が一発で大量のお菓子をゲットしたとしたらどうだろう。悔しすぎるではないか。「これもう、俺、絶対に落とすわ！」と、頭に血が上り、財布の中の一〇〇〇円札を両替して一〇〇円玉を次々投入。それでもぜんぜん落ちない。しかし、あと一歩だという気はする。やめられない。

　確か、記憶では三〇〇〇円ほど使ったはずである。「やばい！　俺もう三〇〇〇円使ってるんだけど」と友達に言い、言った自分もそれを横で見ていた友達も笑いが止まらなくなった。「ははは！　どんだけラムネ買えるんだよ！」と腹をよじるようにしながら、四枚目の一〇〇〇円札を崩しに行ったとき、そのゲームセンターに伊集院光《いじゅういんひかる》氏が入ってきた。

私にとって当時の伊集院氏はとりわけゲーム通としてのイメージが強く、『週刊ファミ通』に連載をされていたり、ゲーム関連の番組にも出演されていたと思う。中学時代からゲームしかしてこなかったような私にとってはもちろん尊敬する人であり、想像上の人物のような遠い存在であった。そんな彼がいきなり現れたのだ。

そもそもラムネに四〇〇〇円近く突っこもうとしている状況に笑いが止まらなくなっていたところにそんなことがあったので、私と友人は「やばい！ ゲーム王に、会えた！」みたいにテンションが上がりまくり、「たぶんもうこれ以上のこと起きないだろう」と思って、そこでＵＦＯキャッチャーをやめて店を出て、興奮しながら次の飲み屋へ移動した。

そのときのことは私の記憶の中で「物事を突き詰めて無心になったとき、なんか変なことが起こる」という寓話みたいな、大事なものとして存在している。ゲームを楽しみに来られた伊集院氏にはまったく関係なく勝手に喜んでしまい、申し訳ないことである。

## うまい肉と酒と奇遇

これもけっこう前の話なのだが、都内のあるモツ焼き屋さんでのこと。その店は大将がとにかくガンコなので有名で、メディアの取材も受けないし、マナーに反した振る舞いをするとビシッと叱られる。ときにピリピリしたムードが漂うのだが、でも肉は驚くほど美味しい。そもそも私はピリピリした雰囲気の店で黙りこくって飲むのも嫌いじゃないほうなので、一時期よく通っていた。

その日、私は三人組で店に行き、しばらく並んだ末に席についた。季節にもよるのかもしれないが、そのときは店の外にいくつかテーブルが出されていて、外の空気に触れながら飲むホッピーが美味しかった。カウンターに座ってるお客さんがバケツリレーのように外にいる客にモツ焼きを運んでくれる。そしてそれが今日も最高にうまい。

「うめー！ なんでこんなにうまいんだろうなー！ うめー！」と喜んで、ふと見まわしたら、私と同じ外の席についている客の中に知り合いが座っているのに気がついた。音楽仲間で、ある頃は頻繁に一緒のイベントに出させてもらったりしていて、それ以来久しく会っていない人であった。テンションも上がり、懐かしさもあって、思わず立ってその人のところまで行き、「久しぶりです！　こんなところでお会いできるとは！」と少し会話していたのだが、すると大将に「勝手に席立たないでくれよ！」と怒られた。「あ、すみません！」と謝って席に戻り、シュンとしつつも、うまい肉と酒と奇遇とが重なりあった妙な時間の高揚感を楽しんでいた。

## 一生懸命飲んでいると……

するとしばらくして、店に並ぶ列とは別のところから店内に入ってくる人の姿があり、ふいに大将との口論が始まった。あとで聞くと、予約不可の店にもかかわらず、「予約させろ」と酔ってしつこく絡んでくる客だったそうで、そのうち激昂し、手に持っていたビニール傘で大将を突っついたんだという。

それで「おう何すんだこの！」みたいなことになり、常連客がそれを制止してもみ合い、最終的に「交番行くぞおい！」と言って大将とビニール傘の男とそれを押さえる常連客とが店を出て消えていった。

残された店の中の客も外の客も並んでいる数名も、しばらくは緊迫した状況にシーンと静まりかえっていたのだが、また別の常連客がサッと立ち上がってカウンターの内側にまわり、「はい！ 大将が戻ってくるまで私に任せてください。モツは焼けないけどホッピーの場所はわかりますんで！」と言うと、客たちから一斉に拍手がわき起こった。

路地裏の席で美味しいホッピーとモツを味わっていたら久しく会ってない友達が同じ店にいて、叱られて、大将がどこかへ行っちゃって、お客さんがカウンターに入って酒を出しはじめて……って一気にいろいろなことが起きて頭の中が混乱している。さっき挨拶しに行って怒られた久々の知り合いが近づいてきて、「今日、なんなの!?」「なんなんですかね」と笑いあった。一生懸命飲んでいると、変なことが起きたりするものである。

パリッコ

# 仕事酒

## 取材酒の矛盾

特殊すぎてあまり共感してもらえる話ではないと思うのですが、仕事としてお酒を飲む機会が多いです。というか僕の仕事の現状、九割くらいがそれで、かなり頻繁に仕事酒を飲んでいます。「軽く飲みながら打ち合わせしましょう」的な仕事酒の機会ならば頻繁にあるという方も多いでしょう。僕もよくあります。が、より特殊なのは、酒を飲み、つまみを食べ、その時間を堪能し、後日なんらかのレポート記事にしなければならない場合。つまり、「取材酒」ですね。これ、ぶっちゃけかなり矛盾した働き方だと思うんです。

だって、飲んだ翌日って確実にパフォーマンスが落ちてるでしょう。「酒と睡眠」（P76）のところでも書きましたが、休肝してぐっすりと眠った場合と比べ、ポンコツ度合いは段違い。ダル〜い体を無理やり引き起こし、アンテナ状態の悪いブラウン管TVのような頭をぶっ叩き、グニャグニャにのたうち回ったメモの文字とピンボケした写真の情報を頼りになんとか記事にまとめる。本来仕事って、もっときっちりコンディションを整えて臨むべきものだと思うんですが、それが自分の仕事なのだからしかたない。自分の一番の趣味が「酒を飲むこと」であるからこそ、なんとか楽しく続けられているわけですが。

## この世で一番かわいそうな飲み物

某男性週刊誌に、毎週一ページを使って一軒の酒場を写真と文章で紹介する連載があります。数人のライター、カメラマンでまわしていて、僕もナオさんもそのライターのひとり。一口に酒場取材といっても方法は幅広いんですが、この仕事は自分の中ではかなり事務的な内容に分類されます。指定の日時に、編集さんが確かな情報網で選んでくれた名酒場へ行き、そのお店のおすすめのおつまみ三品と、お酒を一杯注文。カメラマンさんが料理や店内を撮影してくれている間に、実際に出してもらったものをいただきつつ、店員さんにお店の歴史や基本情報を伺うという流れ。事務的ゆえのおもしろさがあったりして、ナオさんと飲みながら「あるある、そういうパターン！」なんて盛り上がることも多いです。

「酒」と「仕事」という本来相反するふたつが結びついた現場には、店員さんにもいろいろな方がいます。多いのが「お仕事中だし当然お酒は飲めませんよね？　ホッピーのナカ、撮影用に水にしておきましょうか？」的な気遣い。大変ありがたいのですが、仕事とはいえ酒場に来て酒を飲めないほど悔しいことはありません。慌てて「い、いえ！　実際に飲んで料理との相性を確認して書きたいので、いつも通りでお願いします！」なんて答えるんですが、ホッピーなんて普段から散々飲んでるんだし、確認も何もないだろうって話ですよね。だけどさ、撮影用の水にホッピーを注ぎ足したものなんて、この世で一番かわいそうな飲み物じゃないですか。やっぱりここは焼酎を割ってあげないと、せっかくこの世に生を受けたホッピーが浮かばれないよ。

## 天国地獄

もっと取材慣れしたお店になると、「うちで雑誌向けの料理ならこれとこれとこれだね。一応すぐ出せるように用意してあるよ。あとこれは撮影用の日本酒ね。中身は水にしてあるから！」と、流れるように取材が進むようなこともあります。で、「あ、お代はいらないから、料理は食べていっちゃってね！」なんて、とびきりの笑顔で大将。そんなお店に限って、仕入れにこだわった旬のお刺身とか、ちょっと小粋な珍味酒肴の類がテーブルに並んでいることが多く、これを究極の無味液体、水を飲みながら食べるときの、心にぽっかりと穴が空いた感といったらありません。

逆にものすごくサービス精神旺盛な大将もいて、豪華お刺身十点盛り、鶏の半身揚げ、大盛り焼きうどん、なんてラインナップを用意してくれていることもあります。さらに「これは雑誌に載せなくていいから、ちょっと食べてみて」と自家製のお新香やらお惣菜の小鉢も追加され、「これも飲んでみて。あれも試してみて」と、オリジナルサワーが次々届く。こうなってくるともはやフードファイター状態。残しても失礼ですし、実際美味しいので、編集さん、カメラマンさんと手分けしながらガツガツとかっこむことになるわけですが、この取材は一日に二軒続けてまわることが多く、もしもフードファイト系のお店が重なってしまった日には、最終的に完全なる満身創痍《まんしんそうい》となります。

以前そんな話をしていたときにナオさんが言った「あるある！　あれ、『天国地獄』って感じですよね」という表現が、あまりにも的を射ていて今も忘れられません。

## 記憶のともしび

僕の酒場取材で一番多いパターンは、自腹で好きに食べたいものを食べ、飲みたいものを飲み、そのまま記録するというもの。それでこそ自分がリアルに感じたその酒場ならではの良さ、楽しさが伝えられる気がするので。ただ、企画が「ハシゴ酒」となってくると危険で、そもそも自分はそこまで酒が強いわけじゃない。それでも、店を五軒まわれば最低五杯はお酒を飲むことになるし、どんどん楽しくなってくれば五杯で終わるはずもなく、軒数を重ねるごとに記憶はおぼろげになっていきます。

ちょうど昨日書いていたとある雑誌の記事に、こんなくだりがありました。「この時点でとっくにかなり酔っぱらっていたのですが、それでもここが最高な店だったという記憶のともしびが、いまだ心の中に灯っており～～」必死でかっこよく取り繕おうとしてますが、要は、「ちゃんと覚えてないんだけど、なんとなくいいお店だった気がする」って言ってるだけですよね、これ。

スズキナオ

# ノンアルコール飲料という存在

## 健康診断からの節酒

つい先日、三年ぶりに受けた健康診断で、「肝臓の数値が悪いので再検査せよ」というような結果をかえされた。お酒をよく飲む方々にとっては、「ああ、あるある」というような話かもしれない。三年前の健康診断も同じ項目がやっぱり基準値をはみ出していて、それが今回はさらにだいぶグーンと飛び出していた。

「まあ、そうだろうな、そりゃそうだ」と、気を取り直そうとするが、やはり、落ち込むものである。今後も末永くお酒を飲んでいこうと思えば、ここでいったん節制し、数値が適正な範囲に収まるように努めるべきなのだろう。検索してみると、似たような結果を受けた人たちがどのようにして節酒したか、という体験ブログ的なものがたくさん出てくる。

そのほとんどですすめられていたのが「炭酸水でごまかす」というものだ。かつての自分にとって、炭酸水とは焼酎やウイスキーを割ってシュワっとさせるためのものであり、「そのまま飲んだって、あんな味のないものなんの意味もないよ」と思っていた。愚かだった。試しにコンビニで買って飲んでみると、本当にけっこうごまかせるのだ。

## 炭酸水はチューハイのプレーン

そもそも、自分が行くような大衆居酒屋にある「チューハイのプレーン」という飲み物って、味がほとんどない。焼酎をただ炭酸で割ったものだ。それを自分は普段から好んで飲んでいたので、ただの炭酸水がほとんど「チューハイのプレーン」に感じられるのである。このときばかりは、「普段からの絶え間ない努力のおかげだ」と自分を褒めてやりたくなった。居酒屋の酒の中でもっとも安い部類の「チューハイのプレーン」を飲んでいたからこそ、炭酸水を飲んだだけで居酒屋気分を味わうことができる。

コンビニに行って驚いたのだが、炭酸水のバリエーションがやけに豊富になっている。定番銘柄「ウィルキンソン」の炭酸水にも、レモン風味、グレープフルーツ風味のものがあるし、「ウィルキンソン タンサン エクストラ」という商品などは「脂肪の吸収を抑える」というありがたい機能が盛りこまれている。後味にかすかに甘みと苦みがあるように感じられ、それがまたなんとも「チューハイのプレーン」っぽい。自分のような人のために開発されたんじゃないかと思う。

ノンアルコールビールの進化ぶりにも驚く。どこのコンビニにもまず間違いなく置いてあるし、店舗によっては飲料メーカー各社それぞれのノンアルコールビールを並べている。これらを日によって飲み分けてみるだけでもかなり気が紛れるものである。

## ノンアルビールの謎

キリンビールから二〇一九年の三月にリニューアル発売されたという「キリン 零ICHI」というのを買ってみたのだが、コンビニの店員さんがバーコードを読みこんだのに「あなたは二十歳以上ですか?」という表示がレジに出ないので「あれ? あれ? おかしい」と困っていた。

ノンアルコールビールだからあの表示が出ないのだろうが、それにしてはデザインが完全にビールなのだ。その後もう一回、別のコンビニでも店員さんが困っていたので、あれはきっと誰が見てもビールすぎるデザインなのだろう。

考えてみるとこれは変な話である。ビールが飲みたいけどいろいろな事情によって飲めない人のためにできるだけビールに似た味の飲料を作り、さらに、いかにもビールですっていうデザインの缶で売る。買う側は「今、俺ビール飲んでます」っていう気分にひたれる上、その実、ビールではないから安心。っていうこの謎さよ。

近所のスーパーで販売されている「龍馬１８６５」というノンアルコールビールはかなり本格的にビールに近い味がして好きなのだが、その缶には坂本龍馬の写真がプリントされていて、「まさにビールを飲むが如し」と書いてある。

## 龍馬も困惑!?

「１８６５」という数字は坂本龍馬が長崎で初めてビールを飲んだ年だそうで、まあそれはそうとして、もし龍馬が今の時代にタイムスリップしてきてこのノンアルコールビールを飲んで、「うむ。まさにビールを飲むが如し！」と言うってことはありうるのだろうか。

いやいやいや、まずその前に、龍馬はきっと「なんで本物のビール飲まないの？」って思うだろう。それに対し、「いや、龍馬さん、車を運転するときにお酒を飲んだら絶対にダメな時代なんですね。今って」「……」「あとけっこう、時代的に健康に気をつける人も増えているし、アルコールを摂取せず、気分的な面でだけビールの味を楽しみたいっていうユーザーなんかもいるんですよね」「……」「……なんか、変な時代に来てもらっちゃってホントすみません。あ、もう帰ります？」というような展開が予想される。

過去に生きた人たちにとって「ノンアルコール飲料」ほど説明が難しいものもなかなかないんじゃないだろうか。「のんある気分」というノンアルコールカクテルのシリーズなんか、飲んでみると相当不思議な気分になる。ジュースでもなく、酒でもなく。「自分は今、なんと不思議なものを口にしているんだろうか」と思いながら飲んでいる。

SUNTORY
NON-ALCOHOL
のんある気分
ホワイトサワーテイスト
Asahi
DRY ZERO
ノンアルコール
Chip star
POTATO CHIPS

パリッコ

# 酒としらたき

## コンニャクは好きだった

突然ですが最近、急接近中なんです。「誰と？」って「しらたき」とですよ。

これまでの人生で、しらたき、糸コンニャクのことを強く意識したことはありませんでした。常に「あぁ、そういうものもあるね」という姿勢。コンニャクはわりと好きだったんです。おでんの具の中でも好きな順位で中の上くらいには入るし、公園の茶屋なんかで、味噌おでんをつまみにカップ酒を飲むのも大好き。頻繁ではないけれども、晩酌のつまみに刺身コンニャクを買うこともありました。

じゃあなぜ、しらたきに興味を持ってこなかったか。自分でもわからないのですが、あの、なんだかナヨナヨとした、どこか頼りないような存在感のせいかもしれません。「白滝」という、いくらなんでも大げさだろ！ という名前のせいかもしれません。コンニャクの、無骨で、飾りっ気がなく、どこに行っても周囲に馴染みきれない存在感のほうに、自己を投影していたのかもしれません。

だがしかし、もしかしてしらたき、食材としてめちゃくちゃ優秀じゃね？ そんな想いが自分の中にくすぶりはじめ、やがて気づかぬうちに大きく育って、とうとう急接近したのがつい最近というわけなんです。

## けっこうあった、好きなしらたきメニュー

きっかけは数ヶ月前、とあるちょっと気の利いた酒場で出てきたお通しでした。確か「しらたきの辛子黄身醤油あえ」的なもの。それがすっごく粋な味だったんですよね。あれ？ しらたきって調理次第でこんなちょっとした一品になるんだ、と驚きました。

それからしばらくして、「新宿ゴールデン街」の中では珍しい正統派大衆酒場「ばるぼら屋」に行く機会がありました。そういえば、と、そこで思い出した。ばるぼら屋の名物といえば、煮込みと鉄板焼き。煮込みは牛スジたっぷりの特濃どろどろ系で、鉄板焼きはその名の通り、

肉やら海鮮やらお好み焼きやら焼きそばやらをカウンター前の鉄板で焼くスタイル。ここに裏名物ともいえるメニューがあって、それが「コンニャクステーキ（白滝）」というもの。結んだしらたきに煮込みの汁をたっぷりと絡めつつ鉄板で焼き上げる、両者のいいとこどりな一品。久しぶりに食べて思い出したんですが、煮込みの味が全体によ〜く染みこみ、これが信じられないくらい美味しいんですよ！

決定打となったのは、つい先日行った、浅草ホッピー通り一の老舗「正《しょう》ちゃん」。僕はこの店の前を通って、空席を見つけると吸いこまれずにはいられない病にかかっており、ここもまた、特濃牛スジ系の上にデーンと豆腐ののった「牛煮込み」が名物。昼間っからこいつと生ビールをガツガツぐびぐびとやっつけ、さっとお会計をして帰るという飲み方が、なんとも浅草っぽくて好きなんです。

が、その日は友達と一緒だったこともあり、話が盛り上がって、ちょっと長居をしてしまった。自然と何かもう一品おつまみを頼もうとなり、どちらともなく、何気なく選んだのが「しらたき煮」だったんです。そんな経緯だから、なんとなく白だしベースのスープに結んだしらたきが三つくらい浮かんでいるものを想像していたのですが、届いてみてそのインパクトにびっくり。なんと、煮込みベースなんですよ。そりゃあそうか、厨房の真ん中にあんなにでっかい煮込み鍋が鎮座しているんだから、それで煮込むほうが早いしうまいに決まってる。正ちゃんのしらたき煮は、深めのどんぶりに、牛スジ肉の切れ端がたっぷりと絡まったしらたきと汁が盛られ、煮込み同様味の染みたでっかい豆腐がのっている。しらたきを五本くらい箸でとってすすりこむと、肉の脂で唇がテカテカになるくらい濃厚。味わいは、深い深い煮込みのそれ。そして、食べても食べてもまだたっぷり。やっと気づくことができた。正ちゃんの裏マストメニューは、このしらたき煮だったんだ！

## 「よく絡む」こそが存在意義だった

苦節四十年、とうとうしらたきの存在意義に気づくことのできた僕。そうだったのか。しらたきって、どこに行っても周囲に馴染めなかったコンニャクが、自分の弱点を克服し、成長した姿だったんですね。頼もしいやつ。

それ以来スーパーで買い物をするとき、「これも買っとくか」とカゴにしらたきを放りこむ率がぐんと上がりました。

冷蔵庫にある野菜でも肉でも、余りものと一緒にさっと炒め、好きな調味料で味を付ければ、どう転んでも美味しく、かつヘルシーな一品が完成しますから、もう少しなんかほしいなってときにすごくいい。

あと好きなのは、納豆、生卵、しらたきにダシ醤油を足して、ガーッと勢いよく混ぜた、名前のないオリジナル料理。納豆と卵を混ぜただけのものだとけっこう一瞬で食べ終わっちゃいますが、しらたきに絡めつついただくことでちびちびやれますし、なんかそのほうが食材それぞれのコクみたいなものがじんわり味わえる気がします。

しらたきって麺に似てるので、なんちゃって麺料理にすることも多い。市販のラーメンスープで湯がいただけのラーメン風も、適当に味付けしつつ炒め、最後に粉チーズと生卵を絡めるカルボナーラ風も、豚肉やキャベツと一緒にソースで炒める焼きそば風も、どれも違和感なく美味しい。どこかの地方都市へ行って、お店のおばちゃんに「ここらへんの焼きそばはみ〜んなこのツルツル麺なのよ」なんて言われたら、「美味しいですね〜。なんだかこれから、この麺以外だと物足りなくなっちゃいそうだな〜」なんて調子に乗ってしまってもおかしくないくらいには。まぁ僕は、「シメ欲」「麺欲」がどちらも薄めの人間なんで、「こんなもんで腹の足しになるか！」とか「こんなのぜんぜん中華麺の代わりにならない！」みたいな感想に至りづらく、ただただけっこう美味しいおつまみのひとつとして受けとめてしまっているからなのかもしれませんが。

ところで昨日の夜、しらたきをよ～く洗い、醤油をかけてそのまま食べてみたんですよ。そしたら、やっぱり美味しい。いつもより醤油の味がよくわかる。これはいいぞと、次にワサビをちょんとのせ、大葉で巻いて食べてみたところ……驚くほどに「イカ刺し」でしたね。騙されたと思って一度、お試しあれ。

スズキナオ

# 酒場のマドンナ

## 大阪の飲み方

東京から大阪に引っ越してきて、大阪の居酒屋のサービス精神とそこに集まる人たちの熱気に驚き、刺激を受け、特に家の近所である天満と京橋あたりの飲み屋街の、無限に良い店が続くかのような雰囲気にめまいを覚える日々が続いた。

少しずつできた知り合いに「ここは行っておくべきだという店はありますか?」と、今思うと野暮なことを、大阪の居酒屋の全容を焦って知ろうとするあまりに聞いてまわった時期があったが、これもまた新鮮に思えたのは、その質問への回答から推測するに、みんなあっちこっちに飲みに行くというよりは、職場の近くの気に入った店に何度も通ったり、あるいは逆に歩いていてパッと目に入った店にふらっと入って飲んで満足というようなふうで、酒場ガイドを片手に名店と言われる店をめぐるような飲み方をあまりしていないようなのだ。

それはそれだけ、どこの居酒屋も「そこそこ安くて、そこそこうまくて、そこそこ居心地がいい」ということだろう。好きな言葉じゃないけど、平均点が高いというか。

## 酒場スタンプラリー

東京に住んでいて、『吉田類《よしだるい》の酒場放浪記』に特に激しく感化されていた一時期、私はまさにスタンプラリーのように都内のあちこちの名酒場と言われるような店をめぐっていた。根っからミーハーなのである。実際、そのようにすることで、東京に住みながら実は限られたエリアしか歩かずにいた自分の地図が一気に広がり、東京と一口に言うのは無茶なぐらい土地ごとに町並みの雰囲気も違うことがわかった(それはもちろん、大阪もそうだろうけど)。

そして、戸を開けた瞬間に時間の堆積を全身で浴びるような年季の入った店がまだいくつも残っていて、その末席に加わらせてもらうことが、ただ安いだのうまいだのを越えた幸福を感じさせてくれることを知った。今となっては、そういうガイドブックに載るような名店も、食べログにすら誰も情報をアップしないそこらへんの店も、それぞれに違った良さがあることがわかり、そのときの気分にあわせて楽しめばいいんだと、かなり自由に考えられるようになった。そう思えるようになったのも、あのスタンプラリーの一時期があってこそのこと、と、決して無駄ではなかったと感じられている。

## 名物女将のいた店

その頃、テレビや本やネットで気になる店の情報を見つけては、ときに職場の半休をとったり、遠い町なら丸一日休んで行くようなことをしていたのだが、いろいろ飲み歩いた中でも〝名物女将〟のいる店は自分の記憶に特に強く残っている。

巣鴨駅から地蔵通り商店街をずっと歩き、都電荒川線の庚申塚《こうしんづか》駅まで行ったあたりの「庚申酒場」は、昭和一桁生まれだという白髪の女将がひとりで切り盛りしていた。カウンターだけの店内には、女将の好みと思われる置き物などが雑然と置かれ、地蔵通りの喧騒が幻のように思えるほど凪《な》いだ空気が流れている。おつまみはそのときあるもので、おでんとか、たまにカレーもあるらしかった。何もないときもあった。ホッピーを飲みながら静かにしていると、気が向けば女将が昔話を聞かせてくれた。「あのへんが巣鴨プリズンだった頃は」と、ゆうゆうと時間を飛び越える。

間を置いて何回か飲みに行ったのだが、最後に行ったときは女将が体を動かすのが辛そうで、キンミヤの一升瓶がカウンターにドーンと置いてあるのを客が自分で注ぐスタイルになっていた。それでも話す言葉には勢いがあり、しゃべりだすと止まらない。トイレは女将の居住スペースにあって、店から壁一枚隔てた部屋に布団が敷いてあるのが目に入る。ここで寝て起きて、数歩歩けばカウンターの中という日々なのだなと思った。

江東区の木場にある「河本《かわもと》」も、マスミさんという名物女将がカウンターに立つ店だった。ホッピーを頼むと、ペットボトルに入った焼酎をグラスに注ぎ、それをジョッキに入れてくれるのだが、焼酎を少しもこぼすことなく注ぐ動作が印象的だった。ジョッキにグラスをそーっと添えるようにして、次の瞬間いきなりカクンッ！と勢いよく傾ける。スローからのクイック。ホッピーはキンキンに冷えたようなものではなく、ちょっとぬるめゆえに甘みが際立つようで、それも好きだった。あと煮込み。丁寧に処理されたモツの、臭みゼロのふわふわした食感が忘れられない。

マスミさんは「ママ、ホッピーちょうだいー」みたいに言われるのを嫌い「あたしゃママって言われたくないのぉ。オマンマ(ご飯)じゃないいんだからぁ」と言いかえして笑っていた。

一度、まだ明るい時間に飲んでいると外に夕立がきて、しばらくしてスッと止んだ。そのひととき、「あらぁ、すごい雨だねぇ」などとマスミさんがときおり漏らす以外は、自分も含め、お客さんがみんなほとんど黙って雨音を聞いていて、「なんて穏やかな時間なんだ」としみじみ感動した記憶がある。

## 自分が好きな酒場

江戸川区一之江の「大衆酒場カネス」にもやはり九十歳になる大女将がいて、忙しい仕事は若い方に任せつつ、カウンターのそば、煮込みの大鍋の前に座っていらした。初めて飲みに行ったとき、その女将の近くの席に座って飲んでいたら、ふと話しかけてくれて、隅田川の周りの景色がいかに変わったかと教えてもらった。その話し方が、亡くなった山形の祖母とどことなく似ていて、勝手な話だが、もういないはずの祖母と会話しているかのような気分になったことを覚えている。

常連さんに「いやー、この店のマドンナ、まだまだ若いね」と、お決まりのように愛を込めてからかわれる女将たちも寄る年波には勝てず、カウンターの中から姿を消してしまった。

「庚申酒場」は取り壊されて駐車場になり、「河本」はマスミさん亡きあと、義理の妹さんが曜日を限定して開けていたが、二〇一九年の七月で閉店することが決まったという。「大衆酒場カネス」の大女将も亡くなり、煮込み鍋の前に、かつて座っていた椅子が残されるのみとなった。

昔から店に通っていたわけでもない自分が語るのはおこがましいけど、それぞれの空間を長きにわたって守り続けた女将たちには迫力があり、心をほぐしてくれるような柔らかな雰囲気があり、ユーモアがあってキュートで、その姿を見ることができるだけで「いいよなぁ」としみじみ思わせてくれるものがあった。自分が好きな酒場について考えるとき、いつも女将たちの笑った顔とちょっとしゃがれた声と丸い背中を思い出す。

パリッコ

# 都市の隙間で飲む

## 二ヶ月に一度の解放感

数ヶ月前まで、約十五年という長きにわたり、池袋で会社員をしていました。会社員なので昼間っから自由にお酒を飲むようなことはできなかったのですが、二ヶ月にたった一度だけ、自分にそれを許す日がありました。

僕の仕事は、とある会社が母体となって作る音楽系冊子の編集業で、編集部は僕ひとり。つまり、ほぼひとりで全作業をしていたというわけ。当然、締切日に向けて徐々に忙しくなっていき、残業時間もどんどん延びていきます。刊行ペースは二ヶ月に一回で、ついにすべての入稿データが揃い、印刷所に連絡を入れると、さすがにその日はほかにする仕事もありません。究極の解放感。そこで、だいたい午後三、四時くらいなことが多かったかな、ひとりお疲れ会と称して、まだ日の高いうちから一杯やっちゃってもいいことにしていたんですね。

池袋なので、昼や朝から飲める酒場はもちろん、二十四時間営業の飲み屋だって珍しくない。とはいえ、何年も同じ街にいればマンネリにもなってきます。また、特に気候の良い春夏は、外で飲みたくなる。そんな経緯で、いつの頃からか僕の定番となっていったのが、「都市の隙間飲み」でした。

## 誰にも用事のない場所

池袋東口、「サンシャイン６０」という高層ビルのすそのに広がる「サンシャインシティ」には、さまざまなお店やアミューズメント施設などがあふれ、いつもたくさんの人で大にぎわい。特に小学生が夏休みの間など、歩くのにも苦労するほどの人出となります。が、商業施設の詰まったビルを最上階まで登るとたどり着く屋上庭園風エリアは、比較的のんびりとした雰囲気。周囲の勤め人の方々がお弁当を食べたり一休みしたりする憩いの場となっています。この周辺、なんだかやたらと地形が入り組んでいておもしろい。やったことはないんですが、「マインクラフト」っていうゲームがあるでしょう。たぶん、初心者の僕があれを好き勝手にいじるとこんなふうになるんじゃないかな？　っていう謎の複雑さ。迷路のようといってもいいかもしれません。

僕は西武池袋線沿線の生まれなので、子どもの頃から、都会に出るとなればひとまずは池袋でした。今でもまったく成長していませんが、シンプルに「バカ」と表現するのがぴったりの高校生だった頃は特に、この入り組んだエリアが楽しくてしょうがなかった。友達と無目的に遊びに行っては、探検と称し、なるべく人の入りこまないような場所を探してただウロウロウロウロウロウロとしていたものです。

そんな素養が、成長して酒好きとなった僕の欲望と結びついたのでしょう。無事二ヶ月に一度の大仕事を終えた究極の解放感の中、コンビニやスーパーなどでお酒とつまみを買いこみ、サンシャインシティのなるべく人が来ない場所で飲むのが、ものすごく楽しいし落ち着けることに気づいてしまったんですね。

特にお気に入りだったのが、屋上庭園エリアの端の端。先が行き止まりになっていて、なんの施設もないから誰も絶対に用事のない、だだっ広い場所。さらに、そのでこぼことした壁の起伏によって完全なる死角となっている一角があり、そこはもはや、自分だけの酒秘密基地だったわけです。

何度もこの場所でひとりお疲れ会をしていましたが、ごくまれに警備員さんが前を通り過ぎる(別に注意などはされない)以外、本当に誰も来ない場所で。ただの一度だけ、ふたりきりの時間に浸りたい高校生カップルが、人目を避け続けた結果なのかやってきたことがあり、そのときなどむしろ「よくここにたどり着いたね。正解！」と心の中でつぶやき、彼らのために大慌てで撤収したものでした。本当に穴場、いや、誰も探していない場所なんだから穴場でもないか。いってみれば、「都市の隙間」。

## すっかり変わってしまったね……

先日、仕事で近くまで行くことがあり、せっかくだから久しぶりに、あそこで飲んでこようと思い立ちました。

僕がよくお酒とつまみを調達していたのは、近くの「マルエツプチ」というスーパー。もっと近くにコンビニや西友などもあるのですが、なんとなくちょっと気の利いたお惣菜類が多いような印象があって、わざわざ通っていました。揚げ物のコーナーに、あらかじめソースにビシャビシャに浸された薄くてでっかいレバカツがあり、それと、安いのにボリュームのあるローストポーク。それから、なんらかのサラダ。懐に余裕がないときは、キャベツの千切りパックと単体のドレッシング。そんなラインナップで飲むのが好きでしたね。

さて、懐かしきマルエツプチにやってきました。まずは入口すぐの惣菜コーナーを眺める。ん？ いつもあったローストポークがありません。次に揚げ物コーナー。え？ レバカツがない！ ちょっと離れていた間に、このあたりもすっかり知らない街になってしまったんだ……。そんな切なさと、急に何を選んでいいのかわからなくなってしまった焦りから、無駄に店内をウロウロ。完全に動揺した僕がカゴに放りこんだのは、普段ならあまり選ぶことのなさそうな、「管理栄養士監修バランス弁当」でした。

まぁいいや、酒あらば。と、レジへ向かう道すがら、なんと精肉売り場の片隅にローストポークを発見！ お前、ここに引っ越してたのか。懐かしさと、二九八円が割引きで二三八円になっていた喜びも手伝って、カゴにポイ。お酒は五〇〇ミリリットルのハイボール一本と三五〇ミリリットルのウーロンハイ一本を選び、いよいよ秘密基地へと向かいましょう。

## 都会ならではの秘密の楽しみ

地べたに座り、買ってきたものを広げる。こういうのってたいがい「（どこぞの料理人）監修」とか「（あの有名店）監修」とかじゃない？ なんだよ「管理栄養士監修」って。分母多すぎだろ。とはいえ、野菜を中心としたおかずの品目が多く、なかなか良いおつまみになりそう。

ローストポークとの再会が嬉しい。薄切りが六枚、きれいに重ねられて並んでおり、うっかりそのまま付属のソースをかけると全体に行き渡らないんだよね。まずは一枚一枚をほぐし、立体的に並べ直してからソースをかけるのがポイント。これまた付属のホースラディッシュを少しつけ、一枚ぱくり。あ、そうそう、この味この味！

ハイボールをぐいっと飲むと広い青空が視界に広がる。その下、つまり目の前には古い巨大マンション。たくさんの木々が植えられた空中庭園があり、今自分のいるフロアとほぼ同じ高さなので、なんだか専用の庭を眺めながら飲んでいるような優雅な気分です。

お弁当のブロッコリー、オクラ、レンコン、ヤングコーンほか、どれも上品なダシ味で煮つけられていて美味しい。鶏肉そぼろとショウガの細切りがのった雑穀米もいいつまみになる。名も知らぬ管理栄養士さん、さっきはあんなこと言ってごめんね。お弁当美味しいよ。

あっちをちびちび、こっちをちびちび、たまにうとうと。ふぅ〜、ほろ酔い＆満腹。そんなふうに過ごした約一時間。今日もまた、ここにはだ〜れもやってこなかったな。まさに都市の隙間。ゴミゴミとした都会の中にも、実はこういう場所って意外と見つかるし、人に迷惑さえかけなければ、そんな「酒の穴」でお酒を飲む喜びを味わうことは、秘密の楽しみって感じでなかなかいいもんです。

スズキナオ

# 酒とバイキング

## 野獣になれる場所

「バイキングなんて行ったって結局大して食べられないよね」「限界まで食べて最後は苦しくなったりして得なのか損なのかわからない」と、そんなクールで大人じみたセリフを人前で私は吐く。

実際、私は食にはいやしいが、そんなに量が食べられるほうではないのでバイキングに行っても決して一〇〇パーセント満喫できるわけではないのだ。だが、たまに、年に一回か二回ぐらい「今日バイキング行くっていうのも、ありだな」と、ふと思うことがあり、それで行ってみるとすごく興奮する。

いつもの食事代よりだいぶ高額な入場料を払ってバイキング会場に入り、席に案内されたら、一回座るけど一瞬で立ち上がる。寿司、天ぷら、ローストビーフから本格麻婆豆腐に酢豚からカレー、パスタ、そば、うどん、唐揚げ、ポテト、ケーキにアイスにわらびもちなど、もうめちゃくちゃに全部ある。トレイを持って縦横無尽にその中を動き回り、見知らぬ人とぶつからぬよう注意を払いあいながら、だが、ときにスピーディーに、ほしいものを確実に手に入れる。その場にいる全員がいつもよりもちょっと野獣じみた自分になれる状況。むき出しの食欲！

ちなみに今私が思い浮かべているのは「ランチビュッフェ」「ディナービュッフェ」みたいなものだけど、旅館やホテルの朝食がわりとよくバイキング形式になっていたりする。さっきまで寝てたくせにいきなり野獣の勢い。温泉玉子二個食っちまおうかな、ぐらいの。あれはあれで楽しい。

## バイキング三原則！

自分なりにバイキング経験を少しずつ積み上げてて、それでわかってきたのが「とにかく焦るな」ということだ。制限時間が六十分とか九十分とか設けられていても、大抵それまでにすっかり満腹になっている。まだ食べたいのに終了時間が来てしまったということがあるだろうか、私はない。いつも三十分ぐらいでもう限界だ。

「焦るな」、そして、「まず全体を見渡せ」。食事を済ませて店を出るときに「えっ！ もうひとつ和食エリアあったの？」と気がついた経験が何度かある。同席者に「ビーフシチュー美味しかったね」とか言われて「何それ！ そんなのあった!?」と思ったときにはすでに胃に何も入らない状態ということもある。どちらもクラッとくるほど悔しい。まず、何もとらずに全体を見てまわり、「あれとあれは絶対に食べよう。余力があったらあれも」と目星をつけておくべきだろう。

あと「ちょっとずつ食べろ」とも言いたい。なんとなく惰性でとってきた「白菜のクリーム煮」のような、どちらかというと地味な一品がやけに美味しかったり、逆に、勢いでたっぷりもらってきた豚の角煮がそれほど口に合わなかったりするものである。一回目はほんの少しずつ、できるだけいろいろとってきて、「これぞ！」と思うものをおかわりするようにしたい。私など、最近では一巡目はほとんど何もとらず、すでにいろいろ食べた同席者に「何が一番美味しかった？」と聞いてからいよいよ本腰を入れて食べはじめる、というスタイルすら採用している。同席者を実験台にするかのような冷酷さもまた、バイキングでは必要となる。

ただ、焦らず少しずつ、のスタイルが裏目に出るときもある。最近のバイキングでは一時間に一回できたての料理が提供されるというようなスタイルも増えてきているから、気が抜けない。まあそういうときは、小走りで急ごう。

## 盛り付けに見る人間性

自分がここ最近気になりはじめているのが〝子どものバイキング皿〟だ。小学生ぐらいまでの子どもたちだと、「あれもこれもまんべんなく食べよう」という私のような打算がないから、料理の選び方が極端なのだ。先日、目撃した例では、くぼみが六つあって、いろいろな料理を少しずつ盛り付けられるようになっているプレートのその六つのくぼみすべてに小籠包を入れている子どもがいた。くぼみに同じ小籠包が六個。何かのボードゲームで圧勝したやつのような。

あと、一巡目で大量のポテトと唐揚げ三個とアイス、みたいな子どももよく見かける。「おぼろ豆腐、かなり美味しかったよ」などと彼らにもし言ったとしても無駄だろう。食べたいものばっかりを食べていいというのもバイキングならではなのだ。自由でいい。

というか、子どもに限らず、大人でも、「バイキングでお皿にどんな盛り付けをしているか」という点にかなり人間性が出るのではないかと思っている。めちゃくちゃきれいにバランスよく盛り付ける人もいれば、欲望むき出しの豪快な盛り付けもある。バイキングの皿を見てその人の深層心理を解明してくれるような心理学者がいてもおかしくないと思う。

## 真の酒飲み

ここまで、一切お酒の話が出てこない。そう、バイキングとお酒ほど相性のよくない取り合わせってなかなかないのでは？と思うのだ。

一度、食べ放題かつ飲み放題のレストランビュッフェに行ったことがある。生ビール自分で注ぎ放題、キンキンに冷えたハイボール飲み放題、赤ワイン白ワイン、日本酒、焼酎もあって、というような。しかし、到底食べきれないほどの美味しそうな料理を前に、酒は負けた。せいぜい生ビールを一杯飲んだら満足。限られた胃の中のスペースを酒で埋めている場合じゃないのだ！

もし、飲み放題付きバイキングで、少量のいろいろなおつまみを前にゴクゴクとお酒ばかり飲んでいる人がいたら、その人こそが本当の酒好きだと思う。

パリッコ

# ベビーチーズはまだやれる

## 私の二大チーズ

フレッシュタイプ、白カビタイプ、青カビタイプ、ウォッシュタイプなどなど、世界には数えきれないほどのチーズが存在します。その中で、僕の愛する二大チーズといえば「さけるチーズ」と「ベビーチーズ」。どちらも、買っておいて晩酌のおつまみにするというよりは、コンビニでお酒を買って公園のベンチで一杯だけやりたいみたいなとき、つまり、外飲みで重宝するチーズですね。あくまで僕の中では。

まずはさけるチーズ。パッケージを縦にぴりりと破き、前歯で一ミリくらいずつかじりとりながら食べると、永遠ともいえるほどに長持ちします。なるべく身軽でありたいチェアリング中などは、これ以上のおつまみはないのでは？ とすら。それでいて、あんな糸のような一片を食べただけでも、驚くほど塩気やコクがしっかりとしていて、キュッキュッとした噛み心地も楽しく、開発者の方に心から敬意を表したいチーズといえます。

## 「アーモンド」こそ至高

次にベビーチーズ。可愛らしいサイズに小分け包装された立方体のチーズで、「Q・B・B」の四つ入りのがメジャーかな。種類がたくさんあるのも特徴で、今現在、オフィシャルサイトに紹介されているだけでも十四ものバリエーション（二〇一九年七月時点）があります。プレーンを基本に、鉄分やカルシウムがプラスされたもの、ゴルゴンゾーラや熟成カマンベールを使った「プレミアム」シリーズ、燻製ベーコンや柚子胡椒を練りこんだ「ビールに合う」シリーズ。どれもこれもそそられますが、僕の永遠のナンバーワンといえば「アーモンド入り」と決まっています。他社から類似商品も出ていますが、やっぱりQ・B・Bのがダントツで美味しい気がする。ダントツでアーモンドがたっぷり入っている気がする。あの、細かく砕かれたアーモンドのカリッとした食感と、ふんわり香るナッツ感。そこに混ざりあうチーズの塩気とコク。気分に合わせて食べる量を調整できるサイズ感もいいし、どんなお酒にも合う。この世にチーズは数あれど、あれこそ至高のチーズと言って差《さ》し支《つか》えないのではないでしょうか。あくまで僕の中では。

ただし、ただのひとつも難点がないとはいえません。ここからは心を鬼にし、ベビーチーズに対し、呈したくはない苦言を呈することになります。愛しているからこそのエールであるということだけ、どうか忘れないでください。

## 毎回直面する問題

今、目の前にベビーチーズがひとつあります。立方体であるからして、対となる、同じ面積を持つふたつの面×3で構成されています。仮に、面積、大→中→小の順に、A→B→Cと呼ぶことにしましょう。商品名の書かれている面A1を上にし、テーブルに横に置きます。次は、面ではなく辺で考えていきましょう。ベビーチーズは、同じ長さを持つ四本の辺×3で構成されています。仮に、辺の長さ、長→中→短の順に、X→Y→Zと呼ぶことにしましょう。

おもむろに、チーズをひっくりかえしてください。開封のとっかかりとなる、赤い、なんていうか、リボンのようなものがありますね。正式名称を「ティアテープ」と呼ぶようです。面C1とC2を左手の親指と人差し指で挟み、右手の親指と人差し指でティアテープを持って、慎重に引っ張っていく。このとき、辺Z1とZ2に向かって、きれいな二等辺三角形が描かれながら開封できれば成功ですが、雑にやると変な形になっちゃったりするので注意。うまくいった場合、辺Z1Z2、辺Y1Y2の順に包装が破れ、面C1C2、面B1を残し、ベビーチーズは晴れて開封状態となります。

さて問題はここから。食べたことのある方は想像してみてください。ここまでせっかく慎重に開封してきたベビーチーズですが、そのままかぶりつくのはちょっと難しい状態にありますよね。そこで、いったんチーズを直に手で掴んで、包み紙に対する向きを横から縦に変えることになりません？　問題はそこ！　できることなら本体は直接触らないで食べたくないですか？　もちろんわかっています。「いや、そもそもそんなふうに、外で食べることなんて想定してないから。きちんとお皿に出して、フォークで食べてくださいね」そう言われれば反論の余地はありません。されどQ・B・Bさんには、僕のような末端のファンもいるんだということを、ほんの少しだけでいいから知っておいてもらいたい。

あなたがたの作るチーズが大好きなんです。そして、できれば直に手で触ることなく、外でベビーチーズをかじりたいんです。だからこそこう言いたかった。「ベビーチーズはまだやれる」と。

なんかこう、ないですかね。バナナの皮みたいに徐々にむけていくような方式とか。

スズキナオ

# 居酒屋の名前

## 名前だけで店を選ぶなら

知らない町にたどり着き、どこか居酒屋で腰を落ち着けようというときに、駅前を適当な方向にウロウロ歩いてみて、今の気分に合いそうな店を探す。チェーン店を除外するとすれば、店の立地、外から見た雰囲気などとともに、お店の名前が判断材料になる。

「酒処こうちゃん」、「立ち飲みヒロセ」、「栃木屋」、「割烹 祇園」、「ワインバル NAGARE BOSHI」、「鳥政」、「活ふぐ とら屋」、「旬彩酒房 よしとみ」、「MIKO'S BAR」などという店が例えばあったとして、建物全体の感じや、店名が暖簾や扉にどんな書体で書かれているかなどももちろん重要だけど、店の名前だけで判断するとしたらどうだろうか。

「割烹」や「旬彩」と店名に冠している店は、ちょっと私には身分不相応な気がしている。サッと飲んで出るとしても五〇〇〇円は持っておきたいイメージだ。私はいつも、一軒のお店についていてひとり二〇〇〇円ほどで勘弁してもらいたいと思っている。レベルが低めで申し訳ない。

と、なると、「立ち飲みヒロセ」、「酒処こうちゃん」かなーとも思うのだが、もしかして常連さんで盛り上がりまくっていて、ひとりよそ者が入っていくのには不向きかも。こっちも気が引けるし、向こうにとっても負担になるかな、というような予感をさせる店名である。ヒロセもこうちゃんも、なんだか、マスターあるいはママがちょっと元気そうじゃないか。「この町きってのお調子者？　そりゃ決まってるよ！　ヒロセとこうちゃんだよ！」ってみんなが口を揃えるみたいな。いや、元気でぜんぜんいいのだが、いかんせんこっちは旅の身である。静かに飲みたい夜なのだ。

## 「地名＋屋」の魅力

そうなるとやはり私は「栃木屋」を選ぶ。「鳥政」も捨てがたいけど、私はこの「地名＋屋」という店名に弱いのだ。店の名前として適度なゴツさがあり、かといって敷居の高さはそれほど感じられず、ほのかに郷愁を誘うようなところもある。暖簾をくぐると、使いこまれて丸みをおびた白木のカウンターが目に美しく、常連さんらしき紳士がひとりかふたり、少し間を開けて椅子に座り、テレビの野球中継を見るでもなく見ないでもなく、というような。寡黙な大将の包丁による新鮮なお刺身がいただけそうでありつつ、お通しは春雨サラダの小鉢、ぐらいの家庭的な店じゃないかしら。

全部ただの空想だが、でも、「地名」を屋号とする店には本当にいい店が多い気がする。東京には浜松町の「秋田屋」、東十条の「埼玉屋」という名店がある。「埼玉屋」のそばには「新潟屋」という酒場があって、そこも名店だと聞く。私の地元に近い人形町には「岩手屋」が、あとあれは酒場じゃなくて中華料理店だけど新宿・思い出横丁の「岐阜屋」もいい店だ。四十七都道府県すべての屋号を集めてハシゴしたい。

それぞれの土地とお店の方にどんな縁があるのか、想像しながら飲んでみてもいい。例えば「秋田屋」の創業者は秋田の横手出身で、それが店名の由来だという。人形町の「岩手屋」も、やはり創業者が岩手県出身だったことが理由らしい。また、沖縄にせんべろブームを巻き起こしたと言われる人気大衆居酒屋「足立屋」は、東京足立区出身の方が始めた店なんだとか。それぞれ、ルーツとなる土地の名を店名に刻んでいるわけだ。まあもちろん、そんなことをあれこれ詮索せずに飲むのもいいだろう。

そんなときは「どんな地名が屋号としてしっくりくるか、また、逆にどんな地名だとしっくりこないか」を考えながら飲むのがおすすめだ。「秩父屋」、「飯能屋」、「川越屋」と、埼玉県にある市の名を片っ端から入れてみるとどれも良店の予感。なのに「所沢屋」はなんかしっくりこない。語呂の問題かなぁー、と、ひとりで飲んでいるとき、暇が少し潰せる。

## 大阪の店名

私の住む大阪で地名を屋号にした店といえば、十三《じゅうそう》にある「十三屋」、西成の「難波屋」が思い浮かぶ。どちらも素晴らしい店である。

一方、大阪では「思いつき！ 勢いだけ！」というふうな店名の居酒屋も多くて、私はよく仕事の都合で此花《このはな》区の西九条あたりを歩くのだが、「喰焼所」と書いて「くやくしょ」と読ます店、「慕恋呂」で「ぼれろ」と読む居酒屋、「客来多巣」と書いて何と読むのかわからない店、が、徒歩一分圏内に密集している。「喰焼所」か……いや、「喰って焼く」って順番逆だろう、といつも思いながら前を通り過ぎる。

同じ大阪の守口市には「大阪城」で「だいはんじょう」と読む老舗の立ち飲み屋があって、いつも賑わっている。以前取材させてもらった際に聞いたのだが、現在の店主の祖父にあたる方が五十年以上前につけた名前だという。

五十年もの長い時間を生き残ってきた名前だったら、なんらかの重みを感じそうなものだが、「だいはんじょう」の軽やかさは今なおフレッシュだ。「ははは、だいはんじょう。アホや。ちょっと行ってみよか」と、今日も酒飲みたちが吸いこまれていく。

大衆酒場
天 てんくに 国

パリッコ

# 常連考

## 常連とは？

どんな酒場にも、そのお店の「常連」と呼ばれるお客さんがいます。

お店の扉を開けた瞬間に、「あら○○さん！」などと名前を呼んでもらう。女将さんに「いつも来てくれるから、ハイ、これ」などと小皿料理をサービスしてもらう。メニューにないものをリクエストし、応じてもらう。そんなシーンに憧れを持つ方も多いのではないでしょうか。しかしそもそも、常連ってどういう存在のことをいうのでしょう？ 試しに辞書を引いてみると「その興行場・遊戯場・飲食店などに、いつも来る客」とあります。確かにいる。そういう人。だけど、「いつも」ってつまりは「毎日」ということですよね。なかなかにハードルが高い。同じお店に毎日通わなくたって、その店の常連とされているお客はたくさんいる。ではどこからが常連なのか？ 週一？ 月一？ もちろん、厳密な規定はありません。が、ひとつだけ大前提はあります。それは「自分から名乗るものではない」ということ。知人を連れていったお店で、大声で「オレ、ここの常連だからさ～」なんて宣言することは愚の骨頂。酒場でのタブー行為であると言えましょう。常連とは、あくまで店主や店員さん側が認定するもの。もしくは、ほかの常連客からそう認められるもの。酒場で飲む上で、このことだけは忘れないようにしたいものです。

どんなに頻繁にひとつのお店に通っていても、毎回悪酔いして迷惑をかけるような飲み方をしていては、常連と認められることはありません。逆に、そのお店に二、三度通っただけで、ほかのお客を交えた会話の中で「こちら、うちの常連さん」なんて紹介されることもある。つまり常連とは、お店側が「いいお客さんだな」と感じたところから始まる、そのお店との良好な関係性を表す言葉といえるかもしれません。そもそも目指すものではありませんが、よく通っている飲み屋で、店員さんが忙しそうでないタイミングで注文するとか、満席のところに一見らしきお客さんが入ってきたら、「そろそろ出ますんで」と席を譲るとか、注文を忘れられたり間違われたからといって高圧的な態度をとらないとか、ごく一般的なマナーを守って過ごしていれば、誰もが自然と、そのお店の「常連さん」になっていることでしょう。

## 常連あれこれ

全国各地の隅から隅まで、どんな街はずれの小さな酒場にでも、その店の常連と呼ばれるお客が存在するのは、大変興味深いことです。なので、あちこちの酒場で飲んでいると、本当にいろんな「常連さん」を目にすることになります。思い出深いのは、ナオさんの「気になるあの店員さん」の話（P56）にも登場した、渋谷にあった「細雪」の常連のおじさん。フロアを取り仕切るくらいの勢いで手伝いをしているので、僕もナオさんも、その方が店員ではなくお客であることに気づくまでには、かなり長い時間を要しました。こうなってくるともはや「いいお客さんだな」を通り越し「よく働くお客さんだな」という、謎の次元にまで突入してしまいますが、実は酒場でお店の手伝いをするのって、独特の喜びがあるんですよね。こういうお客さんは、世の中にけっこういます。

先日、吉祥寺でふらりと入ったカウンター酒場にいた常連さんも印象的だった。店内は清潔で、威厳や風格を感じると同時に、肩肘張らなくてよい居心地のよさもあるお店。女将さんが話好きなので、気になったことをあれこれ聞かせてもらいながら飲んでいたんですね。

時間にして三、四十分だったかな。その間ずっと、カウンターの一番奥では、五十歳くらいに見えるこざっぱりとした身なりのサラリーマンがひとり、焼き魚をつまみに、静かに熱《あつ》燗《かん》を飲まれていました。決して「あ、それはさ〜」とこちらの会話に入ってくるようなことはせず、ただ幸せそうに、ゆっくりとお酒の時間を楽しんでいる。最後に僕がお会計をお願いし、席を立とうとしたタイミングで「ちなみにあちら、三十年来の常連さん」と女将さん。男性は初めてこちらを向き、ニッコリと会釈。この渋さ！ 出しゃばらなさ！ 酒飲みたるもの、かくありたいものです。

## 木場の名店にて

つい先日の話なんですが、友人のラッパー・METEORさんと一緒に、木場にある「河本」という老舗の酒場へ、初めて飲みに行ってきました。創業から七十年以上の歴史を刻んできた、大衆酒場界に名を轟《とどろ》かせるこの名店、さまざまな事情により、現在は木・土曜のみの営業で、この七月にはお店を閉じてしまうそうなのです。ミーハーなことでお恥ずかしいのですが、一度その空気を味わってみたかった。僕のような新参者は、それこそ長年通った常連さんたちに少しでも席を譲れってなもんですが、まぁ、行ってみて入れなければそれでもいい。ほんの少しでも余地があるならば、ちょっとだけおじゃましたい。そんな気持ちで。

二〇一九年七月十一日木曜日、十七時前。営業は十六時からなので、もう満席になっているか、それとも行列ができているのか、まったくわからないままにお店にたどり着く。中を覗《のぞ》くと、お、空席がちらほらあります。長年の歴史を物語る空気が充満した、荘厳なまでの店内に圧倒されつつ、おずおずと入店。勝手がわからず立ちつくしていると、、目の前にいた常連客と思しき女性から、「ふたりなら奥のあそこに座って大丈夫よ」と助け船。ほっと一安心し、やがて女将さんに出してもらったホッピーを、鳥手羽元の煮込み、冷奴などをつまみにちびちびとやりはじめることができました。目に映るものすべてが、究極の味わいに満ちている。創業当時からの空気がそのまま堆積している。なんという良い時間。「いいですね……」「そうですね……」なんてしみじみ言いあいながら飲みました。

しばらくすると店内は満席に近い状態に。ほとんどのお客さんは顔なじみのようで、穏やかながらも楽しそうに会話をされています。僕とMETEORさんのホッピーが同時に空く。そこで不勉強なことに「おかわりのナカ焼酎はありますか?」と聞いてしまったところ、隣にいた常連さんから「ここはナカはやってないよ。グラスにホッピーを注ぐとちょうど満タンになるでしょう」と、これまた優しくアドバイスをもらいました。決して「何もわかってない客が入ってきちゃったな〜」みたいな態度はとらない。というか、今お店にいるほかのお客さんたち全員が、同じように大らかで、陽のオーラにあふれており、その空気感がこの店を、ただ歴史が長いというだけではない名店たらしめている。この店の営業はもうあと数回なのですが、常連さんたちの間にまったく悲壮感がないのも良かった。いつも通りの何気ない会話で笑いあい、「次は土曜日に来るね〜」なんて言って帰ってゆく。つい「やっぱりこの空間、永遠に続くんじゃないの？」なんて錯覚してしまいそうになります。いや、常連さんたちの心の中には、間違いなく永遠に存在し続けるんでしょうね。だからこそ、普段通りのこの店を自然体で楽しんでいる。

河本が、先代の女将さんが、兄ちゃんと呼ばれるその弟さんや、現在の女将さんが、どれだけファンから愛されていたかが、常連さんたちを見れば一目瞭然。ひととき、名店と良いお客の関係の理想形を堪能させてもらうことができました。

パリッコ・スズキナオ

箸休め対談③

# ノンアル道

## ノンアル中

**パリッコ**　ここ最近もっとも衝撃的だったトピックが、ナオさんが酒を控えているという。「ノンアルコール飲料という存在」の回にも書かれてましたが。

**スズキナオ**　そうだ、健康診断の結果が悪くて節酒しはじめたのが、その回の原稿を書いてるときでした。

**パリ**　どうですか？　その生活。

**ナオ**　わりと大丈夫です！　最近は家では飲まなくなって。

**パリ**　人生で長く酒を楽しむという観点において、本当に素晴らしいことだと思います。

**ナオ**　飲みに誘われたりすることもあんまりないんですよ。週に一回あるかないか。あと、仕事の取材で居酒屋に行くときはやっぱり飲みたいのでそこでも飲みます。それぐらいなんですよ。「酒の穴」とか言ってるのにこんなことでいいんだろうか。

**パリ**　すごい！　僕も一日二日の禁酒なら耐えられないことはないんです。でもそこまでスタンスを変えるというのは、今の自分にはなかなかできなそう。どうしても夕方くらいになると飲みたくなっちゃって。

**ナオ**　いや、その気持ちは完全にわかります！　今だって、ノンアルコールビールとノンアルコールチューハイを昼から立て続けに二缶三缶と飲んでますから。

**パリ**　ははは。ノンアル中！

**ナオ**　そうそう。どっちなんだっていう。少ししたらもう一回検査して、問題なかったらまた飲みはじめようと思ってます。

**パリ**　きっと大丈夫でしょう。

**ナオ**　だといいなー。

## 炭酸水のありがたみ

**ナオ**　しかし、炭酸水って最高ですね。酒の代わりにめちゃくちゃ重宝してます。

**パリ**　俺はもう近年、炭酸水しか飲んでないと言っても過言ではないですよ。お茶とかコーヒーは別として。あ、もちろん酒も別。

**ナオ** 別が多いなー。

**パリ** はは。つまりええと、水の代わりという感じかな。朝起きたら炭酸水。仕事始めに炭酸水。

**ナオ** うんうん。シュワッが生活にリズムをね。

**パリ** 子どもの頃、サイダーと勘違いして飲んだことがあって、こんなにまずいものがこの世にあったんだと絶望したけど、今ではなくてはならない存在になりました。

**ナオ** 僕も急に意味がわかるようになりました。炭酸水がなかったらもっとお酒を飲みたくなってしまってたはずです。あと、ノンアルコール飲料の進化がすごい。あまり飲むことないですか？

**パリ** いや、ありますよ。休肝日に飲みます。「零ICHI」ってノンアルビールとか。

**ナオ** とみさわ昭仁《あきひと》さんがツイッターに書かれていて知ったんですが「アサヒ スタイルバランス 香り華やぐハイボールテイスト」っていうの飲んだことありますか？ ノンアルハイボール！

**パリ** ない！

**ナオ** これがいいんですよ！ 完全ハイボール。「突然段ボール」みたいな。

**パリ**　まじすか！
**ナオ**　今日も飲んでいて、飲みきったのをかたわらに置いて仕事してたんですが、「あれ？外からハイボールの匂いがする」と思ってしまうほどハイボールくさいです。
**パリ**　興味あるな〜。今サイト見たら「アルコール分〇．〇〇％」って書いてあった。
**ナオ**　〇．〇〇％。
**パリ**　入ってないな〜。ファンタとかでももうちょっと入ってるんじゃないか？
**ナオ**　はは。ファンタのアルコール度数ね。節酒ドリンクとしては、ホッピーの外だけってのもこの前飲んだんですが、あれはアルコール度数約〇．八％なんですね。
**パリ**　そうなんすよね。わりと酒。
**ナオ**　〇．〇〇％に比べたらストロング。

**「お前がチューハイだったのか！」**

**パリ**　こないだとあるイベントで、「元祖下町ハイボール屋」をやったんですよ。「カンダ」ってメーカーの一升瓶のエキス、俗に言う「下町ハイボールに入ってる謎のエキス」を買って、それをプレーンチューハイに混ぜて出す。一杯三〇〇円。

**ナオ**　ついに、チューハイ屋さんになられたんですね。

**パリ**　子どもの頃からの夢が叶いました。そんで休肝日に自宅で、余ってたそのエキスを炭酸水にちょっとたらして飲んだわけですよ。

**ナオ**　ほう。

**パリ**　笑いました。チューハイで。

**ナオ**　はは。「お前がチューハイだったのか!」っていう。

**パリ**　そもそも、質の悪い焼酎の臭みを消すために開発されたものだから、あんまり味がないようなもんなのに、なぜか強力なんですよね。こいつか!と。

**ナオ**　そうかー、最近、自分なりのノンアル飲料を生みだす実験をしてたんですけど、正解はそれだったんですね。

**パリ**　なんかね、そう思いました。でも、正解は人それぞれ無限にあるかも。

**ナオ**　今後は、酒はもちろん引き続き楽しみつつ、ノンアル道も追求していきたいと思います。

## おしぼりの源流をたどる旅

**ナオ**　そういえば、「ウィルキンソン」の炭酸水の発祥が、兵庫県の宝塚市だってことを最近知って。

**パリ**　え？　ウィルキンソンて日本のものなんですか？

**ナオ**　イギリス人のウィルキンソンさんが、宝塚に湧いている炭酸鉱泉を発見したのが始まりだそうです。

**パリ**　へー！　おもしろい。

**ナオ**　源流を訪ねてみたいですね。

**パリ**　ていうか、「それ!?」っていう商品の誕生ヒストリー追うの、おもしろそうですね。

**ナオ**　瓶詰めの飲料の王冠とか、栓抜きとか……おしぼり！

**パリ**　おしぼりいいなー！

**ナオ**　考察しがいがありそう。

**パリ**　名前がまず、動詞由来。

**ナオ**　絞るからおしぼり。

**パリ**　先に手を拭く布にとられなければ、食べ物の名前になってた可能性もありますよね。

**ナオ**　そうですね。「ほうれん草のおしぼり」。

**パリ**　はは。あの布が想像されてまずそうだけど。

**ナオ**　どうしてもちょっと汚い感が。かわいそう。

**パリ**　どっかの郷土料理とかで、めちゃくちゃしぼって作るものがあったとして、「おしぼりさえなければな〜」が口ぐせの社長とかいるかもしれない。細切りにして乾燥させたゴボウを出汁で一日かけて戻し、また一日かけて独自の器具でしぼる。

**ナオ**　ゴボウのおしぼりね。名前としてはそれが一番しっくりくるのに。

**パリ**　「本当はそれがいいんだよな〜」と嘆きつつ、商品名は「風さらしゴボウの出汁浸し戻し漬け」みたいな。

**ナオ**　「生搾りサワー」とかはありますね。これはしぼりが美味しそうに機能してるか。「おしぼりサワー」だと、完全にぞうきんのね。

**パリ**　おえー。そういえば、「さらっとしぼったオレンジ」っていう缶ジュースがあるじゃないですか。あれ、見るたびに、美味しそうとか以前に、「もっとしっかりしぼってくれよ！」って思うんですよね。

**ナオ**　もったいないな。残った実は？　さらっとしぼって、ポイッ。

**パリ**　あー！

## カオスは無心のときにやってくる

**パリ**　ナオさんの「酒場のカオス」の話に出てきた格言、「物事を突き詰めて無心になったとき、なんか変なことが起こる」。その、だから努力しようとかまったく思わない感じが最高でした。

**ナオ**　はは。でも、パリッコさんのほうがカオスの経験豊富でしょう？　清野《せいの》とおるさんと飲んだときの話とか、すごいのがたくさんあった気が。

**パリ**　いやいや、そんなことないっす。すごい引き寄せ力を持ってるのは清野さんで。でもそう、清野さんともよく話すんですが、一緒に赤羽で飲んでたって、「今日はどんなおもしろいことがあるかな～？」って期待してると何も起こらない。

**ナオ**　隙間に入ってくるんですよね。

**パリ**　すぽっと、まさに無心になってるような状態のときに、突然変な人が目の前にいたりする。

**ナオ**　デイリーポータルZのライターの玉置標本《たまおきゆたか》さんの取材に同行させてもらって、駄菓子屋の店頭で四十円で販売されているラーメンを食べていたら、目の前にいた人がいきなり、「犬が逃げた！」って走って追いかけだして。

**パリ** ははは。カオス開始の合図。

**ナオ** 四十円のラーメン！っていうだけで驚いているのに。それで、一緒に追いかけた記憶があります。なんていうか、そういうときって物事の流れが一方向じゃないんですよね。妙な要素が入ってくる。

**パリ** こないだ朝、家の近所を歩いてたら、団地の柵の中にかわいい～インコがいたんです。かなり近づいても逃げないので、どっかから逃げてきたのかな？ と思ったら、どうもそのまま帰れなくなっちゃって。

**ナオ** ほうほう。

**パリ** それで、もう勇気出して、近くにいた掃除のおばさんに「インコがいるんですよねぇ」って声かけて。そしたら「あらかわいそう！ カラスや猫に狙われちゃうわ！」とか一緒に心配してくれて。ただ、その塔はおばさんの管轄じゃないらしいんです。で、そっちの担当のおじさんを呼んでくれて、おじさんが網持ってきて、「捕まえてみましょう」みたいに一致団結して。

**ナオ** ははは。なんか登場人物が増えてきた。

**パリ** おじさんがそーっとインコに近づき、僕とおばさんが固唾を飲んで見守っていた。

そしたら急に、近くの茂みから、大きめのネズミがすごい勢いで飛び出してきて、インコがびっくりして飛んでっちゃったんです。なんなんだこの状況っていう。

**ナオ**　ネズミも登場！　劇で再現しようとしたら結構役者が必要になる。

**パリ**　全員どういう感情を抱いていいのか。まさにカオス。

**ナオ**　ナイスカオス！

**パリ**　こっちではこれ、あっちではこれ！って。たまにありますね。カオスの神様のご褒美。

**ナオ**　そのご褒美を喜ばない人のほうが大半でしょうけどね。

## お互いの、あまり興味のないもの

**ナオ**　パリッコさんの回では、「しらたき」と「ベビーチーズ」もスポットライトを浴びていました。

**パリ**　普段あまり浴びないスポットライトを。しらたき本当にハマってる。ベビーチーズは好きですか？

**ナオ**　ベビーチーズ、さほど食べないな……。

**パリ**　え！　そうなんだ。

**ナオ** はい。なんか、嫌いではないけども。

**パリ** 僕とナオさんはそういうの多いすよね。「ビッグカツ」と「ベビースター」とか、「カレー」と「ラーメン」もそうか。

**ナオ** 僕とパリッコさんの片方は好きだけど、片方は興味ないもの。「ビッグカツ」も「カレー」もあんまり食べないです。ベビーチーズだとなんだろ。あれくらいのもの、何かありましたっけ？

**パリ** 消しゴム？

**ナオ** はは。あれぐらいのものなだけですよ。

**パリ** ですよねぇ。

**ナオ** 「ポップコーン」とか。

**パリ** ポップコーン、もちろん嫌いじゃないけど、食べないな〜。

**ナオ** おつまみなんかで出てくると、僕は小躍りしてしまうんですよ。

**パリ** へー！

**ナオ** ポップコーンが大好きなんですよ。

**パリ** 嬉しいという気持ちには、あまりならないなぁ。

**ナオ** はは。どうりでおかしいと思った。

**パリ**　惰性で食べる代表。いや、好きですけどね

**ナオ**　「ポップコーン食べたい！」と思って、「どこで食べられる⁉　どこだ⁉」って考えて、映画観に行くとかあります。

**パリ**　本末転倒！

**ナオ**　なんか、そういうときはコンビニで売ってるやつじゃダメなんだよなー。

**パリ**　ポップしたてのやつ。

**ナオ**　そうです。したてならなんでもいい。町内会で適当に作られたものでも、買います。

**パリ**　ポップコーンは買わないなー。

**ナオ**　じゃあとりあえず、ベビーチーズとポップコーンということに。

**パリ**　ですね。

## 「しらたきって太るの？」

**ナオ**　ちなみに、父親がよく行くスナックに連れていかれたことがあるんですが、父がママに「いらっしゃーい、しらたき！」って呼ばれてて。

**パリ**　ははは！　どういうことだ。

ナオ　わりと髪が薄くて白髪まじりなので、それでなのかな。悲しいニックネーム。

パリ　客に対して容赦ない。それでも客はそこに行く。スナック最高。

ナオ　父親がしらたきって呼ばれてるって、ちょっと複雑な思いでしたけどね。あ、でも、食材としてのしらたきはすごい好き。おでんではけっこうな確率で注文します。

パリ　最近しらたき者の仲間入りをさせてもらった立場なので、いろいろ勉強させてもらいたいです。

ナオ　家ではどんなふうに食べるんですか？

パリ　いろいろなんですが、生卵と納豆と出汁醤油などと混ぜてつまみにするのが好きです。

ナオ　ぐちゃーっとね。しらたきが入るとカサも増すし。「しらたき カロリー」って検索してみてください。「六」だって。

パリ　ははは。少な！　一〇〇グラムで六キロカロリー。

ナオ　かわいい。

パリ　検索結果のトップに「しらたきのカロリーはどのくらい？ 太るの？ おすすめレシピもあわせてご紹介！」って記事が出てきたんですが、太るイメージ持ってるやついないだろ！

ナオ　ははは！「しらたきって太るの？」。いや、でも、だからこそおつまみとしては最高っすよね。アレンジの幅も広いし。ラーメン風にアレンジしたものをシメに食べて眠っちまえば、こっちのもんじゃないですか。罪悪感なし。

**パリ**　オリーブオイルで炒めて、最後に粉チーズを溶かした生卵を絡めるカルボナーラ風も、普段カルボナーラなんて食べないのに、つまみとしてすごいうまい。

**ナオ**　うまそうー！　もうそれ、カロリーとノンカロリーがぶつかって、なんだかわからないですね！

**パリ**　ノンアル中に近いものがあります。

**ナオ**　しらたきだからとめっちゃ食ってしまうという。で、結果太る。

**パリ**　それ、しらたきのせいじゃない！

スズキナオ

# 注文のタイミング

## 注文の悲哀

居酒屋で店員さんに向かって「すいません！」と発声し、呼び止めた上で自分が注文したいメニュー名を告げる、これが苦手だ。苦手というか、私が声を出しても何も起こらないことが多い。

自分が好きな店に友達数人を案内し、「ここは料理がどれも凝っていて美味しいんですよー」などと言ってみんなの注文を取りまとめ、私が代表者として「すいませーん！」と厨房に向かって声を発するが、世界は一秒前と何も変わらない。シーン。あのとき、どうしても照れて笑ってしまう。そして見かねた友人が「注文いいですか！」などとビシッと声を出すと一発で気づいてもらえる。そういう場面がこれまでの人生であまりに多すぎた。もうこりごりだ。

昔、「あなたの声は空中にすぐ消えていくタイプの声だね」と言われたことがある。「迫力の歌声が胸に刺さった」などと言うように、人の声には刺さるものとそうでないものがあるのかもしれない。遠くまで通る声がフェンシングの剣先だとしたら、私の声は耳かきの反対側についてる白い綿みたいなものなのだろう。

## 兄ちゃんよっぽどオーラないわ

「高めの声で発声するといい」というアドバイスをもらった。確かに今、部屋で原稿を書きながら、できる限りの甲高い声で「すいませーん！」と言ってみたのだが、夢中でゲームをして遊んでいたらしい子どもの「え、なに？」という声が聞こえてきた。効果があるかもしれない。だが、恥ずかしい。いつもぼそぼそしゃべってるくせにいきなり甲高い声が出せる自信がない。

もうひとつ、別にもらったアドバイスが「目を合わせる」だ。店員さんを目で追い、しっかり目を合わせてから手を上げる。「目が合えば声を張る必要はない」という。これについてはいずれ、実践してみようと思う。

ただ、私は自分の存在感の希薄さを日頃から頻繁に感じさせられている。以前、大阪・中津の角打ちに入って瓶ビールと小鉢のおつまみを注文した際、いくら待っても出てこなかった。最終的に店主が私の前に何もないのを見て自分から気づいてくれたのだが、そのとき「ずっと店やってるけどな、こんなこと初めてや。兄ちゃんよっぽどオーラないわ」と言われた。そう、私が悪いのである。だから目を合わせようとして、果たしてお店の人と視線が合うときが来るのかは不安だ。

近くに来たときに声をかけるのが一番いいんだろうと思う。至近距離でなら、いくら私の声とはいえ気づいてもらえることが多い。ただ、そんなチャンスってなかなかないものだ。大抵の場合、店員さんが客席に近づいてくるのはほかのお客さんに頼まれた飲み物や料理を運ぶときだ。だが、せっかくできたての料理を運ぼうとしているところに「すいません!」と声をかけることほど無粋なことがあるだろうか。一刻も早くそれを待つ人のところへ、可能な限りスムーズに運んでほしい。

そうなると料理を運び終えて厨房のほうへ戻るところを狙うことになるのだが、帰りがけには空になったジョッキや食べ終えた皿を両手にめいっぱい持っていたりする。そんな大変な状況の人に何が言えるだろうか。「あの、生ビールのおかわりを！」ぐらいならまだいいかもしれないが、そこで「カシラが一で、つくねは二？　いや、三でー」などと面倒な注文をしはじめるようなことは絶対したくない。

そうなると「あの、手の空いたときでいいんで注文を！」と伝えるにとどめることになるのだが、厨房に戻った途端、店員さんが私のことをまたすっかり忘れてしまったりもする。なんという難しさよ。

## 教室に響き渡るオーダーの声

ビジネスマン向けの「スピーチ上達セミナー」みたいなふうに、「居酒屋オーダー講座」というようなものがあってもいいのでは？　と思う。講師の理想的な「すいませーん！」の発声のあとに、注文ベタの受講者が全員で「すいませーん！」「注文いいですか！」などと繰りかえす。そしてその声が教室に響き渡る。何度も何度も。

こんなこともある。大阪・天満のある立ち飲み屋に入ったとき、店のドアを開けて店内に一歩踏み出した瞬間、威勢のいい女性店員に「飲みもんどうしましょ？」と言われた。今、店に入ったところだ。それはまだ大阪に引っ越してきて間もない頃だったので、「大阪の人はせっかちだというようなことを聞くけど、ここまでなの!?」と驚いた。どんな飲み物がこのお店に用意されているか一切わからないうちに決断を迫られる。そりゃもちろん、ビールやチューハイや日本酒なんかの、つまり絶対あるだろうってものから選べということなんだろうけど、まさか入店から数秒でオーダータイミングがやってくるとは思わなかったので、「え、え、え……」と何も出てこず、一回店を出て考え直そうかと思ったほどであった。大阪の立ち飲み屋に入るときは、念のため「俺は何が飲みたいのか」と自問してからドアを開くことをおすすめしたい。

パリッコ

# 「混ざらない」問題

## まぐろの山かけ

「まぐろの山かけ」ってあるじゃないですか？　居酒屋の定番メニューですよね。「あれに目がない！」って方や、「うちは山かけ一本でやってるよ！」っていう大将がもしいたら面目ない話なんですが、あれ、ぶっちゃけ、混ざらなくないですか？

よくあるパターンだと、ブロック状に切ったマグロのぶつにすりおろした山芋をかけ、上にワサビや海苔なんかがのせてある。ここに醤油をかけ、全体をよ～く混ぜる。よ～く混ぜたのち、いざ、とマグロをひとかけつまみあげると、「なんの思い入れもありません」といったそぶりで、山芋がつるんと皿に落ちてしまう。マグロを口へ放りこみ、慌ててお皿を持ちあげ、山芋をすすりこんで口中で融合させるんですが、だったら「マグロ刺し」と「とろろ」が別皿でもよくない？　いや、わかるんですよ。味の組み合わせとして美味しいことは。「別皿にするんだったらひとつの皿に盛っちゃえばよくない？」という意見もわかる。ただね、こんなにも混ざらないのに、「まぐろの山かけ」というメニューとして堂々と定番化していることに、若干の違和感を感じてしまう、面倒な酒飲みだっていうだけの話です。僕が。

「まぐろ納豆」もけっこう近いものがある。これが、魚の切り身を小さめに刻み、薬味もたっぷりと加わる「ばくだん納豆」になってくるとぜんぜん違う。よく混ざる。マグロユッケも超混ざる。つまり、「混ぜる」という行為において、食材を最低限細かくしておくのは、必要な工程ではないかと思うのです。

ただ、同様の理由で長年「いか納豆」も敬遠してきたんですが、とあるメニューの少ない酒場で、必要に迫られ頼んでみたら、これが想像以上によく混ざり、味も大変けっこう。それ以来大好物になったりもしているので、一概には言えないんですけどね。

## 月見つくね

「混ざらないな～」と感じるものはほかにもあります。例えば「月見つくね」。ちょっとこだわった焼鳥屋さんへ行くと、ほかの串は一五〇円くらいなのに、つくねだけがその倍の三〇〇円くらいすることがある。そういうつくねはほかの串に比べ、巨大であることが多い。ちょっとしたハンバーグくらいある。で、専用の細長い皿にのって、一本単体で出てくる。ちょっと威張っていると言ってもいい。そういうお店の場合、メニューの横に「卵黄トッピング」の文字を発見することが多い。発見してしまうと、トッピングもせずにはいられない。だって卵黄ですよ？ 濃厚甘辛焼鳥ダレと卵黄のハーモニー、うまいに決まってるじゃないですか。

ほかの串よりもたっぷりと時間をかけて月見つくねが焼き上がり、いよいよ目の前に到着する。テンションは最高潮です。卵黄を箸でちょんと突ついて破裂させ、とろりと広げる。そこにタレをまとったつくねをちょんと触れさせる。ぜんぜんつかない。意地になって串を卵黄に押し当ててグルグル回転させ、やっとうっすら表面がコーティングされた？ って程度。「混ざった」とは言えません。想像していた、つくね、タレ、卵黄の三位一体には到底及びません。一本食べ終わり、皿に残されたのは、今になってやっとタレと融合したたっぷりの卵黄。これをずるずるとすするのも下品ですし、そうだ、焼鳥を何本か追加してこれにつけて食べよう！ なんて思いつき、店員さんを呼び止め注文する。すると気の利く店員さんは同時に、「空いてるお皿お下げしますね～」と、卵黄ダレの皿を持っていこうとしてしまう。そこで「あ、ちょっと、まだ使うんで！」と言える空気の店もあれば、言えない空気の店もある。言えなかったときの切なさといったら……。本当に気の利く店員さんって、あそこで「お下げしてもいいですか？」と聞いてくれる人なんだよな、と、しんみりしながら食べる、素の焼鳥の切なさといったら……。

## 月見そば

酒場の話から逸れますが、「混ざらない」を語るならばこの話を避けては通れない。もはや憤りを感じるレベル。それが、立ち食いそば屋の「月見そば」。ハイ出ました「月見」！ 混ざらない界の要注意人物！

僕、立ち食いそば屋が大好きなんですよ。会社員時代、お昼は基本立ち食いそばでした。さて今日は何を食べようか？ ベースは温かいそばにしよう。それだけだとちょっと寂しいけれども、天ぷらをのっけるほどではない。そんなとき、月見そばがちょうどいい気がして、つい押してしまうんですよね。券売機のボタンを。

おそばの上に、かまぼこ一切れ、ほうれん草少し、ネギ少し、そして生卵という布陣。この時点ですでに、生卵だけがほかと交わろうという意思を放棄しています。黒いツユの中で、その部分のみ、透明感が保たれています。しばらくはほかの具とそばを食べ進める。ある瞬間、「なんとなく、そろそろかな？」と、卵の黄身を割る。そばに絡めて食べる。うまいことはうまいけど、「もうちょっと何かやりようがあったんじゃないか？」という気がしてくる。なんとかそばに黄身が絡むのは、せいぜい二すすりめまで。その後卵は力なくどこかへ霧散してしまう。キリッと引きしまって見えたツユは、なんだか薄茶色に濁ってしまった。味もどこかはっきりしなくなってしまった。白身に関しては、器を箸でかき回しても、もはやどこへ行ってしまったのか。

そばを全部平らげると、「ところで俺、卵って食べたっけ？」みたいな釈然としない気持ちが残っています。これを払拭するには、ツユを最後まで飲み干すしかない。そうすれば確実に、卵も食べたことを確信できる。けれども、塩分のとりすぎになってしまう。

結果、あきらめて帰るしかないわけですが、また忘れた頃に頼んじゃうんですよねぇ。月見そば。

スズキナオ

# 酒とかくれんぼ

## ふと私は走りだした

学生時代、今から二十年近く前か、まだ酒の飲み方がしっかりわかっていなかったのだろう、愚かなことをした。仲のいい友人と男三人で浅草の居酒屋で飲んでいて、お酒が進むにつれ、私はなぜかセンチメンタルな気分になっていった。もう終電もなくなり、朝まで飲んで過ごそうという話になったのだが、いったん店を出て別の店にハシゴしてみようかというそのとき、ふと私は走りだし、ふたりを引き離して行き当たりばったりに路地を折れ、どうやって来たのか自分でもわからない小さな公園へと行きついたのだった。

当然、ほどなくして友達から電話がかかってくる。メールも来る。「どうした？ どこにいる？」と。「変な公園にいる。どこだかよくわからない」みたいな返事を返す。本当に恥ずかしい話なのだが、なんだか自分を探してほしくなったのである。友人にすれば、まったくわけのわからぬ気味の悪い話である。それでも友人は懲りずに捜索を続けてくれて、「何か目印ある？」「〇〇って書いた看板が見える」みたいな、めちゃくちゃ面倒なやり取りの末、滑り台の上に座っている私を見つけてくれたのだった。公園に近づいてくるふたりの「あ、ここじゃない？」「おーい！」と名前を呼ぶ声が聞こえたとき、嬉しくて涙が出た。

当然のことだが、友達は「なんだよ？ 意味わかんねえ」と迷惑がり、あらためて居酒屋を探しながら歩く途中「好きな女の子を見失って探すとかならまだしも、なんでお前を探さなきゃなんねえんだよ」と苦笑していた。

恋とか青春とかでもなく、ただいきなり酔っぱらって探してほしがる。なんとドラマ性ゼロの青臭さであろうか。自戒の念を込めてここに書いた。そんなことはこのときだけで、今は酔っても走りださなくなったので許してほしい。

## 酒癖の悪い男

もうひとつ、かくれんぼの思い出がある。そっちはやむにやまれずというか、しかたのないことだと思っている。十年ほど前、中野で飲んでいて、確かそれも私ともうふたり、男三人だった。そのうちのひとりがなかなかに酒癖の悪い男で、最初は和やかに飲んでいたのだが、だんだんと話が説教くさくなり、目が据わってきたと思ったら「おい、飲みが足んねえぞ！」と私のグラスにドバドバと酒を注いでくるような具合になった。これは、このままの調子でいくとロクなことにならないなと直感した。

「今日は帰って用事があるから、早めに帰ろうかな」と私は切り出したが、そういうのが一番相手の気に食わないようだ。「いやいやいや、ありえねえ！ ぜってー無理。俺がすっげー好きなスナックあるから連れてく、オーヤンフィーフィーみたいなママ。面倒だからタクシーで行こう。ぜってえ帰らせねえ」。ガシッと摑まれた肩が痛い。ゴリラ並の握力なのではないか。

気持ちを切り替えた。これは一回、降参してついていくフリをして、逃げるしかない。「わかったよ。じゃあとりあえずここは出ようか」「だな。そうだな。お前、まだ酒残ってるじゃん。それ早く飲んで」「あはは、まあまあゆっくり」みたいな感じでとりあえず会計までたどり着いた。割り勘分を支払い、「タクシー乗るなら大通りだな」と彼が私の前に立って先導しようとしたそのとき……今だ！　逆方向に一気にダッシュである。すると、忘れられないのだが、彼はすぐさま私の動きに気がつき、大声で言った。「逃げたぞ！　追いかけろ！」。

## 非常階段の下で息を殺す

刑事ドラマでしか聞いたことのないような、いかにもすぎるセリフ。「追いかけろ！」なんて自分が叫ばれることがこの人生であろうとは思いもしなかった。必死に走って近くのビルの非常階段の下に逃げこみ、そこで息を殺していた。

「何してんだろう、俺」という、このバカバカしい状況に対してこみあげてくる笑い、そして全力でダッシュしたがゆえの激しい呼吸と動悸《どうき》、それらを抑えながら身を潜めていると、まさにその私の目の前に彼らが近づいてくるのだった。しかし、私がここにいることには気がつかないようだ。

「ぜってぇまだ近くにいる」「そうっすね！」「俺こっち探すから、お前はそっち探せ！　ぜってぇ逃がさねえ！」とか言っている。目の前をそいつらの履いた革靴が行ったり来たりする。笑いが抑えられない。腹がよじれそうである。なんで、そこまでして俺をスナックに連れていきたいんだこいつは！「まだ近くにいるぞ！」って、完全にベテラン刑事のセリフじゃん！そんで、いつの間にか、もうひとりが子分みたいになってるし！

しばらく身を潜めているうちに、無事、彼らの気配は遠ざかった。私は何食わぬ顔で中野駅へと向かう雑踏の中に混じり、大勢の中のひとりになった。

いまだにあの、階段の下に隠れているときの胸の高鳴りが色褪《あ》せない。あのとき、私は「生きている！」となぜか強く思った。ひょっとして私は、誰かに探されないと生が実感できない、面倒な野郎なんだろうか。

パリッコ

# 必要ないのにやめられない「前飲み」の世界

## 前飲みにメリットなし

「前飲み」という言葉がありますね。いや、実際に日本語としてそういう言葉があるのかどうかは知りません。が、自分の飲み友達は、ある特定のグループだけとかではなく、誰でも自然に使ってる言葉です。

　要するに、大きな飲み会やイベントごとの前に、景気付けのために酒を飲むという行為。前夜祭ではなくゼロ次会。例えば、夜に自分の出演する音楽イベントが開催される。そんなとき、共演者や関係者の中で気心の知れた者どうしで先に集まり、軽〜く一時間くらい飲むとかそういう感じ。

　想像していただければわかると思うんですが、前飲みは楽しい。小学生の頃、遠足の前日に、楽しみすぎてなかなか眠れなかった経験のある方は多いと思うんですが、やっぱりイベント前というのは独特のワクワク感があります。そのワクワク感の中、酒を飲むわけですよ。美味しくないわけがない。盛り上がらないわけがない。欠かすことができない。だけど僕、実は常に葛藤してもいるんですよね。「果たして前飲みって、本当に必要なのだろうか？」と。

普段の何気ない飲み会ではなく、前飲みが行われるくらいの宴会となると、それ自体になんらかのテーマがあることが多いです。旧友たちと久しぶりに会える同窓会。年に一度のメンバーによる忘年会。なかなか予約がとれないお店を堪能する会。どれもこれも、一分一秒たりとも無駄にできない、スペシャルな宴であることは想像に難くありません。可能な限り頭脳明晰な状態で臨みたい。で、あるにもかかわらず、楽しみすぎるから前飲みをしてしまう。子どもの頃は「どうしても眠れない」だったのが、今は「どうしても飲まずにはいられない」って、考えるまでもなくアル中ですよこれ。

結果、かなり早めに酔っぱらってしまい、早々に記憶がおぼろげになってしまう。あまつさえ、うとうと眠ってしまう。一体どこにメリットがありますか？

## 旅行前飲みと、人と会う前飲み

旅行の際、目的地に着くまでの間、電車の中で酒を飲むなんていうのも前飲みのひとつかもしれません。これは酒好きならば、むしろやらない人のほうが少ないでしょう。最高に楽しいですよね、車中飲み。ちょっと粋な先輩酒飲みとなると、例えば東京から関西方面へ行くとして、いきなりは飲みはじめない。まずは買った駅弁と缶ビールを窓辺に置き、余裕のそぶりで車窓を眺めている。で、新横浜をすぎたあたりで、「あ、もうか……」なんて一言つぶやき、やっとプシュ、と缶ビールを開ける。つまり、新横浜あたりまではまだ日常の範囲内だというわけです。そこを脱し、非日常を演出する役割のひとつとして、きちんと車中飲みを楽しんでいる。一方の僕はというと、東京駅で新幹線に乗りこみ、お尻が椅子に着くか否かの瞬間ですよね。プシュ、という音を響かせるのは。

「人と会う前」というのもあります。お互いにまだあんまりよく知らないんだけど、なんとなく話が合いそうだな～と思い、「こんど飲みましょう！」と約束して、それが実現する日。間に共通の知り合いがいるならばまだしも、サシだったりするときもあります。もしくは、自分のやっている仕事に興味を持ってくれた出版社の編集さんが、「一度会いたい」と連絡をくれて、「まずはざっくばらんに話したいので、飲み屋にしましょうか」なんて、大変ありがたい提案をしてくれるとき。どちらもとっても楽しみで、一〇〇パーセント前向きな気持ちで臨んでいるのは確かなんですが、同時に相手がどんな人かわからないという緊張感もすごい。結果「一杯だけ飲んどこ」ということになる。俗にいう「ひとり前飲み」ですね。目的のお店周辺に、営業している立ち飲み屋か角打ちでもあれば万々歳。このあと生ビールで乾杯するとして、その時点で今日二杯目のビールとなると感動が薄れてしまい、「あれ？この人、一杯目のビールに対する感動が薄い人なのかな？ それともつまんないのかな？」と思わせてしまう。それは相手に悪い。こちとら演技などできませんから。なので、なるべく素っ気ないチューハイと、お新香もしくはらっきょあたりの軽いもので一杯やる。適当なお店がない場合、最悪コンビニで缶チューハイを買って、小さな公園のベンチなどを見つけ、コソコソと一杯やるんでもいい。そうやってほんの少しふわりとした状態を作っておいて、いざ待ち合わせ場所に向かうというわけですね。

## 禁断の朝生ビール

僕もナオさんも音楽活動をしていて、ジャンルやシーンが遠くない関係上、共演の機会も多いです。そういう「自分が出演する音楽イベントの前」こそが、前飲みのハイライトと言えるかもしれません。クラブやライブハウスという、究極の非日常空間。普段は絶対そんなことしないくせに、自分のかける音楽に合わせて激しく体を揺らしたり、自分の作った歌を人前で歌ったり、挙げ句の果てにマイクを通して「盛り上がってますか～！」なんて大声をはりあげてしまう。この一連を居酒屋でやったら正気の沙汰ではないですから、むしろ自ら積極的に非日常を作りだすべき場といえるかもしれません。

だからこそ、前飲みも盛り上がる。ついつい白熱してしまう。ただただ楽しい。以前はそうやってギリギリまで飲んで、居酒屋から自分の出演するステージに直行するなんてことも多かったのですが、これに関しては大変反省しております。共演者にも主催者にもお客さんにも失礼。だいいち、そんなんでシラフのときより良いパフォーマンスなんてできるはずないんですから。僕の場合、そういった意味で反省すべき悪行は数限りないのですが、知らないとか、忘れている方のほうが多いと思うので、あえて振りかえるのはやめておきましょう。

音楽活動関連でもうひとつ思い出したのですが、「M3」というイベントがあります。これは、インディーズの音楽レーベルやサークルがたくさん、オリジナルで作成した音源を持ち寄って展示即売するという、半年に一度のいわばお祭り。よくそれに参加していて、近年はずっと、東京モノレールの流通センター駅前にある「東京流通センター」という巨大な会場で開催されています。

これ、午前中から始まって、いろいろと仕込みなどもあるので、レーベルメンバーとの待ち合わせもかなり早い。定番は「浜松町に朝七時」。浜松町の駅ビルに朝からやっている良い喫茶店があって、そこで当日使うＰＯＰであるとか、試聴機や釣り銭の準備などを行うわけです。そのとき、メニューにあるので、ついつい生ビールを頼んでしまう。この、絶対に必要ない、お祭り前の朝一番の生ビールがまた、禁断の味なんですよねぇ。

スズキナオ

# あらためて、チェアリングが楽しい

## 思い思いに過ごす

先日、「チェアリング」をテーマにした取材を受けた。「チェアリング」はパリッコさんと私とで思い立ってやりはじめた遊びで、持ち運びに便利な軽量のアウトドア椅子をたずさえて広い場所などにおもむき、ここぞと思うポイントに椅子を置き、そこに腰かけて酒を飲んだり軽食をつまんだり、思い思いに過ごすというもの。

携帯用チェアが安価に、スーパーなどでも簡単に手に入るようになったことや、それさえ手に入れればあとは特に面倒な用意もなく、自分の家の近所の原っぱなどでのんびり過ごせるという気軽さもあってか、雑誌の企画として「チェアリング」の名を提案して以来、徐々にその楽しみに共感してくれる方が増えている。

人の邪魔にならないような場所を選ぶ、とか、コンビニが近いと最高、とか多少のノウハウがあり、パリッコさんとふたり、取材をしてくださった記者の方にそんなことについてとりとめもなく話した。

取材自体はスムーズに終了し、そこからは記者の方も交えて缶チューハイを飲みながらぼーっとするという、ただ単にチェアリングしているだけの状態に突入したのだが、久々に屋外で椅子に座ってみて、あらためて思うところがあった。

## そうだ、この感覚が最高なんだった

その日の取材は東急電鉄の二子玉川駅近く、多摩川沿いの広い公園の一角で行われたのだが、その眺めがすごくよかった。夏真っ盛り、日差しの強い場所はかなりの暑さだったが、風の通る木陰を見つけてそこに椅子を置いた。我々が座っている前方には小さな池があり、その池の向こうに芝生が広がっていて、さらにずっと先に多摩川の流れがある。もっと向こうには、対岸の二子新地エリアにマンションが立ち並んでいるのが見え、左手に顔を傾けると二子橋が川をまたいでいて、そこを車や人や自転車が行き来するのが見える。二子橋と並行して東急電鉄の線路も延びていて、たまにそこを電車が走っていく。そのほかにも、空に鳥が飛んでいくことがあったり、風が吹いて遠くの草木が揺れたりする。セミが全力で鳴いている声が聞こえている中に、子どもの笑い声が響いたりもする。そこかしこでいろいろなものが運動したり変化したりしている。

というか、こんなふうに書き並べるまでもなく、どこであろうと、外に出て視界が開けるような場所にいたらだいたいいろいろなことが同時に起きているのが目に入る。あちこちから音も聞こえる。数人でチェアリングしていると、最初こそ「いやぁ、ここいいですね！」「風が通って気持ちいいな！」などとはしゃぐけど、すぐに気持ちが落ち着き、そこからは周りで進行しているさまざまなことに注意がいくようになる。私がチェアリングの醍醐味だと思っているのは、この、心が静かになって周囲をぼーっと見るようになる状態で、しかも座っているからその状態を長時間にわたってキープすることができる。これは、少なくとも自分にとって普段の生活の中では滅多に味わうことができないような時間で、チェアリングするたびに「そうだ、この感覚が最高なんだった」と新鮮に思い出す。

## 意識を広く構える

この取材のときは、我々から少し離れた場所にしばらくして女性八人、男性ふたりぐらいの若い人々の集団がバケツと水鉄砲を持って現れ、盛大な撃ち合いが始まった。さらに、彼らは水風船も用意しており、近くの水道でそれをパンパンに膨らませてきては豪快にぶつけあう。ひとりの女性が別の女性を手招きして、近づいてきたところで頭上で水風船を割り、かなりの量の水がドシャーっと頭から流れ落ち、「ひゃー！」と大騒ぎ。そういったことをずっとずっと繰りかえしている。インディー水かけ祭り。長時間見ていても、それが何の集まりで、誰が指揮をとって今日この場所でそれを始めることにしたのか少しもわからない。まあ向こうからすれば、椅子に座って何を語りあうでもなくじっと遠くを見つめている我々こそ謎の集まりであろうが。

また、その集団とは別の、多摩川のほうに向かった男女五人ずつの十人組は、男性たちがみな服を脱いでパンツ姿で川に飛びこんでいる。

そんな様子をじっと見ていて、自分はいつも、酔っぱらうことによって意識を広く構えるという、そのために酒を飲んでいるんじゃないかと思った。適度な量の酒で適度に酔うことができると、世の中にいろいろな人がいたり、無数の動物、植物、そのどっちでもない石とか水とかが存在していることが、そのままガバッと受けとめられるような気がする。

自分がこうしたいとか、人生がままならないとか、そういうことが後退して、「とにかく世の中すごくいろいろある」ということが強く感じられる。人それぞれに思惑や事情があり、でも他人にとってはそんなことは関係なく、バラバラなままとにかく全員が今はそこにいる、みたいな感じ。

悩みとか怒りとか、狭いところに集中していくような酒じゃなく、世界に向かって拡散していくような酒が私は飲みたいのだ。そして、チェアリングはそのような酒体験をするのにうってつけのやり方なのである。

# 酒と奇跡

## 始まりの日と終わりの日に……

『週刊漫画ゴラク』という漫画雑誌で、僕の考えたオリジナルおつまみレシピを毎回ひとつイラストとコラムで紹介する「晩酌ほろ酔いクッキング」という連載を、隔週で五十四回と、長く続けさせてもらっていました。その連載が先日終了したのですが、担当さんとの最後の打ち合わせの日、ちょっと印象的な出来事があったんですよね。

待ち合わせは、僕の地元である石神井公園駅前にお昼の十二時でした。担当のTさんは僕と同世代の男性で、同じく漫画ゴラクで長寿連載をしているラズウェル細木先生の『酒のほそ道』の担当でもあります。そのTさんと、その日にお会いしたときの第一声が「さっき、ここに来る途中のバスで、偶然ラズウェル先生にお会いしましたよ」というもの。

ラズウェル先生の家が同じ練馬区内で、そんなに遠くないことは知っているものの、最寄り駅や路線が同じというわけではない。にもかかわらず、ふたりの担当編集者であるT

さんが、僕に会うために出版社から電車やバスを駆使して石神井公園というマイナーな駅に向かう途中、なぜかピンポイントに、ラズ先生と遭遇してしまう。
そもそも「晩酌ほろ酔いクッキング」は、数年前にとある飲み会で、漫画ゴラク編集部の方々やラズ先生と同席させてもらったとき、先生が編集長のいる前で、持ち前の優しさから「パリちゃんもゴラクでなんか連載やったらいいのに～」と言ってくださり、酒の席のノリも手伝ってか、編集長がそれに応える形で始まったもの。その場にはTさんもいて、つまりTさんは、この連載の始まりの日にも終わりの日にも、僕とラズ先生に会っている。それがどうしたという話ではあるんですが、なんだか必然性を感じるような、おもしろい偶然ですよね。

このように、心の底からお酒が好きで、くる日もくる日も酒ばっかり飲んで過ごしていると、まれに「お酒の神様が起こしてくれた奇跡」としか考えられないような出来事が起きることがあります。しかも、奇跡には間違いないんだけれども、だから何ってこともない内容の。きっと僕がお酒に対して求めていることの本質が、「ははは、それ、意味はないけどおもろいね～！　あぁ、酒うま」みたいなものだからこそ、お酒の神様も気まぐれに、そういう類のプレゼントをくれるのでしょう。何はともあれ、ありがたいことです。

## 清野とおるさんとのハシゴ酒で

そんな経験の中でもとりわけ忘れがたい、無意味な奇跡があります。

数年前、漫画家の清野とおるさんと、池袋の北の奥地を徘徊《はいかい》しながらハシゴ酒していたときのこと。僕たちは何軒目かのお店として、駅からも遠い住宅街の中にあった一軒の焼鳥屋に、吸いこまれるように入店しました。

数十年は歴史のありそうな、すすけた店内。テーブル席がいくつかはあるけれど、コの字カウンターが中心。とはいえ、老舗の威圧感のようなものはなく、あくまで近隣の方々の憩いの場として機能しているような、気さくなお店。お客さんもほぼ常連さんのようです。

店内は僕らのほか、赤ら顔のおじさんが数人、若い女性のふたり組、我々と同世代くらいのスーツ姿のサラリーマン、といった構成。このサラリーマンが、ちょっと問題ありだった。カウンターに座った僕と清野さんの右横にその男、さらにその奥に女性たちといった配置だったのですが、まずやたらと男の声がでかい。焼鳥数本とお新香を頼み、ボソボソと会話をしていた僕と清野さんの声が、たびたびかきけされるくらい。内容も、率直に言ってきつい。この間は日帰りでこんなところまで出張に行かされた。部下がこんなヘマをしたのでカバーしてやった。ほかの社員なら到底さばききれない量の仕事を「君なら余裕でしょ」と振られた。「も～そんなのばっかり。本当大変なんだから」ってなノリの、苦労話の皮を被った自慢話ばかり。マスターに向けて話してはいますが、その横の女性たちの気を惹きたいことは明白です。

しばらくして、清野さんがポツリと言いました。

「パリッコさん、あいつ帰らせましょうか」

百戦錬磨の清野さんのこと、おだてから入り、いつの間にか相手を論破して退散させるなんてことも可能なはず。あぁおそろしい。「今日はどんな方法を使って？」と思ったら、「今からふたりであいつに向かって『帰れ帰れ』と念を送りましょう。まじりっけなしの、本気の念を」との提案。はは、最高。やりましょう！

## 信じる力の強さ

相手のもとには新しく頼んだ緑茶ハイが届いたばかりで、しかもタバコに火をつけたタイミング。常識で考えれば、まだまだ帰る段階じゃありません。しかし我々には信念の力がある。「これで本当にあいつが帰ったらおもしろいな～」という、強力な信念が。そしてお互い、「街や酒場ではときとして不思議な奇跡が起こる」という事象に対して、一切の疑いがない。

「では……」と、軽く組んだ両手を机に置き、目を閉じます。頭の中を空っぽにし、ただ彼という存在に向けて「帰れ帰れ帰れ帰れ帰れ帰れ帰れ帰れ」と念じます。すると約十秒後、彼の口から信じがたき言葉が発せられたのです。

「あ～あ、そろそろ帰るか～」

パッと目を開き、お互いの顔を見つめ、「大成功！」なんて大声で喜ぶことはできないので、ただただ痛快な笑いを噛み殺す。その瞬間のゾクゾク感といったら、ほかにたとえようのないものでしたね。

男が本当にあの一杯を飲んで帰ったのかは知りません。だって、「帰る」という言葉が聞けただけで大満足なんだもん。我々は、「この店はじゅうぶん堪能しましたね」と、早々にグラスを空けてお店をあとにしました。

この世には、常識では説明できない不思議な領域がある。ふたりが意志の力を合わせ、本気で念じたら、少しだけ現実に影響が現れた。それを偶然と片付けず、「酒場の奇跡」と信じるほうが、人生もお酒も楽しくなる。そんな確信を深めることができた、くだらなくも非常に貴重なワンシーンでした。

スズキナオ

# 台所に立って鍋をしながら飲むのはどうか

## 夏でも鍋が好き

これを書いている今、夏だ。日焼け止めを塗り忘れて一日外を歩き回っていたら私の顔の出っ張った頬骨や鼻の頭が真っ赤になり、コントの酔っぱらいメイクみたいになってしまった。いつもの温度のシャワーを浴びると日焼けしたところが痛い。

そんな季節でも私は鍋が好きである。鍋、つまり鍋料理。といっても、何か凝ったようなものではなく、白菜ともやしと豆腐としめじぐらいをザクザク切って放りこんでだしパックと一緒に煮るだけ。それをポン酢につけて食べる。ここ最近、辛い大根おろしがたまらなく好きになってきたので、大根の下のほうだけカットされた使いきりサイズのものを買い、おろして入れる。このような鍋を私は年がら年中食べている。

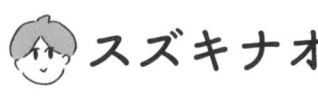

これが冬であれば、我が家の子どもらを「冬は毎日鍋でもおかしくないのだ」という感じで説得して一緒に食べることもできるが、暑い季節ともなるとそれも申し訳ないような気がして、子どもにはそうめんをゆでたものなどを出し、自分ひとりだけで食べたい鍋を食べることになる。

## 鍋とクラブの共通点

家には十年ぐらいずっと使っている電気加熱式の鍋があって、普段はそれを使って鍋料理を作るのだが、ひとりだとそれが面倒に思える。そこでどうするかというと、持ち手のついた普通の鍋(袋タイプのインスタントラーメンの四角い麺を入れるとちょうど収まるぐらいの大きさのもの)で具材をグツグツ煮込み、できあがったところでテーブルに置いた鍋敷きの上にその鍋を持っていって、そこからポン酢と大根おろしの入った小皿に少しずつよそって食べる。

しかし、鍋好きの人ならわかると思うのだが、鍋というものはグツグツしていないとルックスがいきなり寂しくなる。目の前でアツアツにヒートアップしているところから具や汁をよそうというその、ライブ感。そこに鍋のよさがある。目の前で刻一刻と冷めていく鍋の中に浮かぶ白菜や豆腐を見ていると、「あれ、ひょっとして俺、なんか寂しいもの食べてる？」という気持ちが心の隙間に入りこんでくる。さっき熱湯の中で踊っていたのと同じ具材とは思えないのだ。

クラブでパーティーが終わってパッと電気がつくと床に酒がこぼれていてゴミが散らかっていて隅のほうで誰か寝てるやつがいて、ほんの一時間前までは聴いたことのない音楽がデカい音量で鳴り続けて最高だったのに、いきなり寂しくなり「あれは魔法だったのかしら」と思う、それと同じである。

常に今しかない、それが鍋。

だが、繰りかえすが、そのライブ感のために、冷蔵庫の上に載っけて収納してある電気鍋をおろして高温になるまで待って、という一連の時間を過ごすのは面倒である。そのようなときに、私は思いついたのだが、台所のガスコンロで鍋をグツグツ熱しながら立って食えばいいじゃないか。

## スタンディング鍋の醍醐味

やってみるとこの方法にはいくつかの最高なポイントがあった。まず、冷蔵庫が近い。私の家の間取りでは、ガスコンロに向かって立つ私のすぐうしろが冷蔵庫だ。ここから必要な具材を必要なタイミングで取り出し、コンロの隣のスペースに置いたまな板の上で必要な量だけ切って鍋に投入し、余ったらタッパーに入れてすぐ冷蔵、というようなことがほぼ移動せずにできる。

もちろん冷蔵庫が近いということは、立って鍋を食べながら飲んでいた発泡酒缶が空になろうものなら、すぐさまキンキンに冷えた二缶目を手に入れることができるということだ。そのついでに冷蔵庫の隅で忘れ去られていた謎の野菜の切れ端みたいなものを発見し、即座に鍋に投入することも可能だ。

そして、食べ終わったらコンロから鍋を持ちあげ、数秒のうちにシンクに置いて洗いはじめることができる。さっきのクラブのたとえでいうなら、パーティーが終わった！　音が止まった！　という次の瞬間、もうその床に敷いた布団の中にいるみたいな感じだろうか。

台所だからこそ、また、立っているからこそ、非常にコンパクトに、機敏に鍋のライブ感を満喫することができるのである。

そしてこのひとりスタンディング鍋をしていて強く思ったのが「こんな店があればいいのに」ということであった。

## 静かなる宴

端っこのほうが千切れた暖簾をくぐるとカウンターだけの小さな店。背広姿の人、ジャージ姿の人、お年を召しているように見えるがまだまだ足腰の丈夫そうな人などなどが向かって立つそのカウンターの上には瓶ビールやハイボールなどの酒と一緒にカセットコンロがひとり一台ずつ置かれており、アルミ鍋から湯気が立ちのぼっている。ジャージ姿の人が「マスター、えのきもらえる？」とつぶやくと、「あいよ。えのき一丁ね。一〇〇円、こっからもらっとくで」と言ってカウンターの上の小銭の入った小皿から一〇〇円硬貨を持っていく。キャッシュオンデリバリー式。小皿にのったえのきをジャージ姿の人は鍋に投入、しばらく煮込みつつ、黙ってテレビのプロ野球中継を眺めている。

それを見ていた背広の人が「マスターごめん、こっちもえのき追加で」と言うと、マスターが「あ、ごめんやわ。今のでえのきラスト。今日、珍しいのやったらあるけど、あわび茸。滋賀県産。うまいで」「えっ、それも一〇〇円？　そしたらそれでええわ」「あいよ！」。ジャージ氏が「なにそれ、それやったらこっちもあわび茸がよかったわ、はよいうてー！」「ホワイトボードに書いてあるやん！　本日のおすすめって！　こんな大きく書いてんのに」「ははは」「ははは」。

その日その日の具材を好きな組み合わせで自分の目の前の鍋に入れ、好きな加減に煮込む。締めは雑炊、うどん、中華麺などから選べる。客もマスターも黙ると、テレビから小さく流れる「平凡な外野フライに見えましたけど、ちょっと風に流されましたか？」みたいな野球の実況と、あとはグツグツと湯が沸く音だけが店内に響く。一見したところ、まるでそのようには見えないが、そこは静かに沸騰し続けるパーティーの場なのだ。

パリッコ

# 焼酎のタピオカ割り

## 第三次タピオカブーム

タピオカ人気の勢いがとどまるところをしりません。

タピオカとは、南米などが原産のキャッサバというイモから製造したデンプンのこと。それを丸い粒に成形し、ミルクティーなどとともに太いストローで吸って食べるスイーツとして、今、日本中で大ブームを巻き起こしています。

といっても、タピオカってけっこう昔からあるものですよね。思えばタピオカに関してあまりに無知なもので、少し調べてみたところ、古くは一九九二年、現在主流の黒いものではなく、白いタピオカが入ったココナッツミルクが最初に流行したんだそうです。続いて二〇〇〇年頃、二〇〇八年頃にそれぞれ、台湾発祥の黒いタピオカが使われたドリンクがブームとなり、現在の状況は、黒タピオカに限定し、「第三次タピオカブーム」と呼ばれているのだそう。ふむふむ、なんとなく頭の中が整理されたぞ。

それにしても、昨今のタピオカ人気はすごい。二〇一九年八月現在、原宿だけで二十九店舗、全国には三〇〇店舗以上の専門店ができているというのだから驚きです。先日何気なく見ていたTV番組では、原宿に期間限定でオープンするテーマパーク「東京タピオカランド」の情報が流れていました。バリエーション豊富なタピオカドリンクが飲み比べられるほか、施設内にはたくさんのフォトブースが設置され、タピオカモチーフのオブジェの前で記念撮影ができる。大盛況の会場に来ている人たちへのインタビューでは「飲むのはもちろん、写真を撮りたいから来た」と語る方々が多数いました。つまりその本質は東京ディズニーランドと同じであり、タピオカを模した黒いバルーンは、イコールミッキーマウスであるということ。それを見ていて僕、思ったんですよね。「能天気で最高！」と。

## 地元にまで専門店が

タピオカ人気のすごさをもっとも実感したのは、僕の地元である大泉学園にまで専門店ができているのを発見したとき。南口の駅前にあった古い八百屋さんが、ある日突然「四葉茶坊」というタピオカ屋さんに変わっていたんです。八百屋がなくなってしまったのは寂しいけれども、事情はわからないししかたない。それはそれとして、でっかいタピオカドリンクのオブジェを屋根に配したお店の外観と「大泉のどこにこんなに!?」って勢いで集まっている若い女性たちの盛り上がりを見ていたら、またしても思ってしまったんです。「能天気で最高!」と。

酒飲みの御多分に漏れず、僕は甘いものにはほとんど興味がありません。でっかいカップにたっぷんたっぷんに入ったタピオカミルクティーを「飲んでみたいな」と思う気持ちはゼロに近いです。いや、もちろんタピオカが悪いのではなく、僕がそういう性質だというだけなんですが、そんなことはいちいち説明しなくてもわかってるか。とにかく、神様から「お前は一生タピオカ禁止!」という罰を受けても、痛くも痒《かゆ》くもありません。しかしながら、昨今のタピオカ界隈のポップな雰囲気は非常に好ましい。あわよくば、自分もその片鱗に触れてみたい。でもな〜……タピオカな〜……う〜ん……。あ! 酒で割ればいいんじゃん!

# タピオカに酔う

　ある夏の午後、四葉茶坊へと向かいました。カウンターだけの狭い店内は大盛況で、お客は自分以外全員若者。女子八人、男子ふたり。手には今年流行中のハンディ扇風機率高し。肩身の狭いこと山の如し。が、みなさん弾けるような笑顔でタピオカをすすったり写真を撮ったりしていて、やっぱり好きだな、この雰囲気。っていうか今気づいたけど、ある意味立ち飲み屋ですね、タピオカ屋って。

　メニューを検討し、お店の一推しであるらしい「四葉抹茶ラテ」、Mサイズ五九〇円、Lサイズ六四〇円の、Mを選びました。僕には「焼酎のタピオカ割り」という大いなる野望がありますが、その場で四葉抹茶ラテにおもむろに宝焼酎カップ二十五度を注ぎだしてしまったら、店内は阿鼻叫喚の地獄絵図と化す。なので当然、持ち帰りで。

　近くの公園のベンチに移動し、人生初の本格タピオカドリンクを、まずはストレートで味わってみます。抹茶とミルクが融合した濃厚な甘みが脳に直接響くようで、すごく美味しい。次に底のほうのタピオカを吸ってみる。お、想像してたより大きくて、もちもちと弾力のある白玉のような感じだ。甘くて香ばしい風味は、黒糖か。なるほど、こういうものか。

さて、いよいよ少し水位の下がったカップに、焼酎を投入、いや混入といったほうが正確でしょうか。とにかく、割ってみます。二十五度のカップ焼酎を半分くらい。飲んでみる。若干の苦みが加わりますが、もとが抹茶味なのであまり違和感がないですね。いけるいける。ごくごくごく。こんなに可愛らしいスイーツみたいな見た目なのに、ふわりと酔ってくるのが笑えます。それにしてもタピオカ多いな。いや、嬉しいことなんだろうけど、吸っても吸っても減らないような感じで、だんだんタピオカでお腹がいっぱいになってきました。おつまみと考えるには甘いし、炭水化物っぽいし、こりゃあ晩酌にまで影響が出かねないぞ、と思ったら、なんだかちょっぴり切ない気持ちに。これで小さいほうのサイズだってんだから、Lサイズってどんだけ？　やっぱりタピオカは、まだまだ食欲旺盛な若者のためのものなのかもしれないな。あと、水分がなくなって最後にカップの底に残ったタピオカを吸ったら、ものすごい勢いでズバンズバンと口に飛びこんできて、パチーン！　とのどちんこに当たったのがびっくりしました。

ところで、ぜんぜんお酒と関係ないんですが、冷やしたダシやめんつゆを使った「しょっぱいタピオカ」って、ありじゃないですかね？　うどん感覚で、忙しく働く人の昼食にぴったりな気がするなぁ。全国に三〇〇店もあるなら、一軒くらいそういうお店があったらいいのにね。

スズキナオ

# 究極の酒のつまみは粒子系

## 細かくて、わしゃわしゃで、いっぱい

「小ねぎ」がたまらなく好きだ。「万能ねぎ」という商品名で売られていたりもする。似たようなものに「わけぎ」というのもあって、調べてみると「小ねぎ」、「万能ねぎ」、「わけぎ」はそれぞれ違うものらしいのだが、そこらへんのことは今はスルーする。とにかく、薬味に使われるような細いねぎ。白ねぎじゃなく緑色のやつ。それが私は好きなのだ。

鍋ものをするときはあの小ねぎがないと鍋自体をやめたくなるぐらいで、細かく刻んだものを大量に用意する。そして器の中に山盛りに入れて食べる。というか、鍋料理そのものはもはや、なくてもいい。小ねぎにポン酢かけるだけで酒のつまみになる。

実際にそれをつまみにして晩酌しながらぼーっと考えていて、「細かいものがわしゃわしゃっといっぱいあるようなやつ」が、私はほとんど例外なく好きなんじゃないかと思えてきた。

例えばベビースターラーメンだ。あの、こぼさずに食べきることなど不可能な、細かくバラバラにされた麺たち。相当わしゃわしゃしている。あれが食べにくいからであろう、「ベビースタードデカイラーメン」という、麺が平べったくつながったバージョンも出ているけど、それじゃ意味がない。

コーンも好きだ。たまに、コーンの缶詰を買ってきて、ドレッシングでも塩コショウでもなんでもいいから味をつけてスプーンで大急ぎでもりもり食べたい衝動にかられる。ポップコーンも好きである。

柿の種も好きだな。沖縄の居酒屋で付き出しとして出された「焼き大豆」もすごく好みに合った。節分のときにまくような炒り大豆にカレー粉で味付けしてあって、それが一〇〇粒ぐらい皿の上に盛られている。食べだすと止まらない。

## おつまみは線から点へ

さっきから、これが好きあれが好きと自分の好みを書き連ねているだけみたいだが、そういうことが言いたいのではなく、これらのものは酒のおつまみとしても優れているんじゃないかと、そういう提言がしたい。

まず第一に、細かいものが大量にあるので、それをちびちび食べていればたっぷりと間が持つ。そして、歯ごたえの気持ちよさである。ひとつひとつは小さなものたちが集まり、重なりあって繊細かつ複雑な歯ごたえを生みだす。あと、目の前に何かがたくさんあるということが心に多幸感をもたらすというのも重要なポイント。


以前、私が好きな、神戸に住む文筆家の平民金子《へいみんかねこ》さんという方と飲んでいたとき、平民金子さんが、「酒のつまみにはカップ焼きそばが適している」と教えてくれたことがあった。私はカップ焼きそばをおつまみだと思って食べたことがなかったので意外に思ったのだが、大事なのは麺を細かく切ることだというのだ。熱湯を注いで待ち、湯きり口からお湯を捨てて、液体あるいは粉末のソースをかけるその前に、キッチンばさみでゆで上がった麺をザクザク切るという。そうすることで、一口一口が小さくなり、つまみ化するんだそうだ。考えてみればこれは、〝線〟である麺を、ハサミで切って〝点〟に近づける行為といえる。やはり、点の集合であることが、いい酒のつまみの条件なんじゃないだろうか。

そう思い、まだ自分の知らない、でもやってみたら「これだ！」と思えそうな粒子系おつまみのアイデアを考えてみている。

## 奥深き粒子系つまみの世界

以前、どこかの居酒屋で、美味しいソーセージに粒マスタードが添えて提供され、ソーセージを粒マスタードにグイグイ押し付けてもほとんどあれって付着しないから、ソーセージを食べ終えたあとにたくさん残った。その余った粒マスタードを箸の先で本当に少しずつつまんで食べていて、「これ、最高じゃないの？」と思った。あれはかなり粒子系だ。

キャビアはどうだろう。今、インターネットで値段を調べてみたら「最近ハマってる酒のつまみがキャビアなんだよね！」と私が言うことは一生ないと断言できる価格帯のものばかりだったけど、一応あれも粒子系つまみの最高峰としてこっちの仲間に入れておきたい。

それよりも一緒に検索にひっかかってきた「畑のキャビア」こと「とんぶり」がいい。「ホウキギ」という植物の実で、私は何度か食べたことがあるのだが、プチプチした歯ごたえがやみつきになるようなものだった。秋田県の名産品で、きっと東京にあるアンテナショップでも売っていると思う。粒子系つまみの東北代表として期待している。

また、もともとはつぶつぶしていないものでも、すりおろして粒子にすることが可能だ。

私がやけに最近好きでしかたない大根おろしも、お皿に盛って醤油かポン酢でもかけたら最高の粒子系つまみになる。あれ。ってことは……おろし金さえあれば、あらゆるものが粒子にできるのでは？　待てよ、フードプロセッサーにかけてしまえば、ちょっとぐらい硬いものでも粒子にしてしまえる。

想像して今、背筋がゾクゾクしてきた。これからの私は、スーパーの棚に並ぶ生鮮食品を「ここにあるもの、片っ端から粒子にしたらどうだろう」と考えながら眺めることになりそうだ。自分が怖い。

酒が安い
酒が安い

パリッコ

# 粋な飲み方

## 粋な飲み方とは？

酒飲みならば誰しも「粋な飲み方」に憧れるものですよね。ではそもそも、粋な飲み方ってどういうものだろう？　具体的に想像してみましょう。

時刻は午後五時。有名店というほどではない、街の気取らない老舗酒場。そこへ口開けの客として入っていく。大将に向かって指を一本立て「ひとりね」と伝え、カウンターの隅に座る。瓶ビールを注文し、おしぼりで軽く手を拭き、小さなグラスに注いだビールを一気に飲み干す。「ふぅ、うまいね」、などと小さくつぶやき、おもむろに本日のおすすめメニューを見上げる。「お、もう戻りガツオの季節か。いいね。それとお新香」。背筋をまっすぐと伸ばし、それらをゆっくりと堪能すると、「大将、うまかったよ、ごちそうさま」と店を出る。

もしくは午後三時。お昼の客がいったん引いてのんびりムード流れる、街のそば屋。主人に向かって指を一本立て「ひとりね」と伝え、隅のテーブル席に座る。メニューを見もせず、「焼鳥、板わさ、酒」と注文。季節に関係なくぬる燗の日本酒を二合、ゆっくりと味わったら、もりそばを一枚さっとたぐって店を出る。

もしくは午後十時。出張でやってきた地方都市にあるオーセンティックバーの扉を躊躇なく開け、黙ってカウンターの隅に座る。マスターに「今日は暑かったからなぁ、まずはジンフィズにするか」と注文。美しい所作で目の前に差し出されたそれを、ゆっくりと一口飲み、「……お」などと小さくつぶやく。マスター、にやり。気分に合わせたカクテルをもう二杯飲んで店を出る。

## ○○すぎない

どうでしょう？　どっからどう見たって粋じゃないです？　こんな人いたら。では前記のシチュエーションから、「粋な酒飲みの条件」について考えていってみましょう。

まず、人数は絶対にひとりが望ましい。それから、基本的に動作がゆっくりしている。せかせかしてない。無駄なおしゃべりもしない。必ずすみっこのほうに座る。

加えて、

・食べすぎない
・飲みすぎない
・長居しすぎない
・酔っぱらいすぎない

なんてのも条件になってきそうです。そう考えてみると、粋な飲み方って、「〇〇すぎない」が多すぎないですか? 飲めば飲むほど酔っぱらってだらしなくなるお酒のイメージとは対照的で、これじゃあまるで「酒道」。一体どれだけの人が極められるんだっていう、修羅の道のように思えてきます。

以前、横浜野毛の立ち飲み屋で午前中から飲んでいたら、隣にひとりのご老人がやってきました。その立ち居振る舞いに徹頭徹尾感動してしまったんですが、まず店員さんに一言「冷と奴ね」とだけ伝える。冷奴を注文したのではありません。冷酒と冷奴。それがお決まりの組み合わせなのでしょう。そして五分くらいでそれを平らげると、「お会計」と言って颯爽《さっそう》と帰っていかれました。か、かっこいい……。あの人なんか完全に、極め人の風格だったなぁ。

では自分はどうだろうか？ 僕はお酒に関するさまざまな記事を書いたり、またエッセイ本を出させてもらったりもしているので、たまには「そんな飲み方がしてみたいです」なんて言ってくださる方もいます。が、いやいやいや！ あのね、そういう記事って基本、いい飲み方ができたときのうわずみのうわずみをすくって書いてるだけだから！ たいがいそのあと、調子に乗って飲みすぎてひどいことになってるから！ つまり、粋な飲み方なんてこれっっっぽっちもできてないんですよ。

## 一生続く酒の道

まず、食べすぎる。「酒のシメ問題」（P38）で「最近めっきり食が細くなった」と書き、それはまごうことなき真実なのですが、根が意地汚いのでついついあれこれ食べてみたくなってしまう。もちろん旬のお刺身は味わいたい。けれどもそれはそれとして、なんか揚げ物も一種類は食べたいし、大好物の肉豆腐がメニューにあれば、この店のはどんなもんか確かめたい。残すのは好きじゃない。結果、サクッとひとり飲みをしようと入った酒場で、胃をはち切れんばかりにして帰るなんてことも少なくありません。

それにも増して、飲みすぎないなんて無理。わかっていても美味しくて楽しくてついつい杯を重ねてしまう。結果、長居しすぎ、酔っぱらいすぎることしばしば。

わかってはいるんですよ。もう四十歳を超えたいい大人。こんなことではいけないと。もちろん、無茶な飲み方ばかりしていた若かりし頃とは違い、そういう意識だけは持っているので、大失態の機会は減りました。とはいえ、油断した頃に繰りかえしてしまう。酔っぱらって飲み屋で寝るとか、電車を大幅に乗り過ごすとか、スマホをなくすとか。

つい先日も友達とふたり、ハシゴ酒の末の何軒目かの立ち飲み屋で飲んでいて、カウンターに両手をつき、ついコックリコックリとしてしまったことがありました。その刹那、店主さんから「寝てますよね、そちらの方」との声が。それを聞いた瞬間に眠気がふっとび、「はい、寝てました！ すみません、お会計お願いします！」と叫び、逃げるようにその場を立ち去ったということがあり、今思い出しても申し訳なさと恥ずかしさに悶絶してしまいます。

お酒とは、楽しく心地よいものである一方、人間のダメな部分を浮き彫りにするものでもある。そういう側面を完全否定、糾弾する姿勢をとることはせずとも、なるべく人様の迷惑にならないことだけは常に意識し、いつか酒道を極めた粋な酒飲みになれたらいいな。と、思いはすれど、果てしなく遠い道のりだなぁ……。

箸休め対談④

# カレーは飲み物、唐揚げは粒子

## 粒子のつまみと一個のつまみ

**パリッコ** 「酒とかくれんぼ」「酒と奇跡」「焼酎のタピオカ割り」「究極の酒のつまみは粒子系」。この章の話は振り幅が広い感じでしたね。

**スズキナオ** そうですね。

**パリ** まずこれだけは言いたかったのが、ナオさんの「究極の酒のつまみは粒子系」の話。大豆って、別に粒子ではないだろっていう。

**ナオ** はは。粒子ってなんだ。よくわかってない。とにかくね、私的には、粒の集合であればいいんです。一〇〇粒セットで一品、というような。

**パリ** うん。ナオさんから沖縄土産にもらったカレー味の「焼き大豆」、確かにつまみにちょうどよくて、これからは粒子飲みですね。認めます。

**ナオ**　そうそう。箸でひとつまみずつ、ちびちびと。

**パリ**　だから一袋で何日も持つんですよね。

**ナオ**　そう。そう思ったのに、一回で食べきってしまったんです。

**パリ**　はは。ハマりすぎて。粒子は中毒性もあるから。

**ナオ**　やめられないんですよね。逆に、一個のものってあるじゃないですか。

**パリ**　一瞬でなくなる。

**ナオ**　そう。例えば、吉祥寺「いせや」のシューマイ。

**パリ**　大きめのが三つ出てくるやつ。あれを食いにいせやに行ってます。

**ナオ**　三人で行ったと仮定させてください。すると、ひとり一粒ですよね、当然。

**パリ**　はい。

**ナオ**　どんなふうに食べますか？

**パリ**　あれは僕、二口に分けて食べると決めてます。

**ナオ**　ですよね。一口目でうまいかどうか確かめる。

**パリ**　あ～やっぱり超うまいな。で、手もとの皿を見たら……。

**ナオ**　もうお別れ。あれ？　俺のとった？　と。

**パリ**　酔ってるしね。

**ナオ**　その点、焼き大豆だったら、最初「まあまあうまい」だったのが、一〇〇粒食べた頃に「つうか、これ、相当うまいぞ！　止まらん！」ってなるから。どんどん好きになっていくから。

## 「唐揚げは粒子」という人がいても

**パリ**　そもそも僕、節分の豆が大好きなんですよ。あの香ばしい風味と食感。ただ、塩気がないから、そこだけどうにかしてほしいと思ってた。酒のつまみ力をもう少しだけ磨いてほしいと。そしたらあれですもん。

**ナオ**　焼き大豆を投げつけられたら、鬼も笑顔でしょ。

**パリ**　新昔話。

**ナオ**　「散らばった豆を集めて、鬼たちが酒盛りを始めたぞ！」

**パリ**　「ばあさん、こうなったらワシらも飲もう！」

**ナオ**　それ以来、人間も鬼も仲良く酒を飲んで暮らしましたとさ。最高。

**パリ**　さすが酒。

**ナオ**　最後、必ず酒でうやむやになる昔話シリーズがあったらいいのにな。絵本コーナーに紛れこませたい。

**パリ**　桃太郎が鬼退治に行ってね。「酒の飲み比べで勝負だ！」と挑まれ。

**ナオ**　「桃太郎、帰ってこんのぉ。ばあさま、鬼が島へ行ってみよう。あ、飲んでる！」

**パリ**　「仲良くなってるー！」

**ナオ**　いいなぁ。海外の童話でもたぶんいける。

**パリ**　白雪姫とか。魔女がお姫様に「よ～くお酒を染みこませたりんごだよ」と、酒りんごを食べさせて。

**ナオ**　はは。ブランデーかなんか。

**パリ**　一緒に酔っぱらうだけ。

**ナオ**　平和。

**パリ**　オールハッピーエンド。しかし考えてみると、ナンコツの唐揚げが居酒屋でだけ定番なのは、鶏の唐揚げよりあきらかにつまみ向きだからでしょう。ミックスナッツとかも粒子だし。

**ナオ**　そうそう。需要があるんですよね。

**パリ**　これからっていうか、これまでも粒子飲みだったんだ。最初に大豆は粒子じゃないなんて言っちゃいましたが、今調べてみたところ、「粒子とは、比較的小さな物体の総称である。大きさの基準は対象によって異なり、また形状などの詳細はその対象によってさまざまである」。粒子でした。謝ります。

**ナオ** ははは。人それぞれでいいのか。

**パリ** 大柄な人にとっては、唐揚げだって粒子だろうし。

**ナオ** 「カレーは飲み物」っていう人もいるくらいですからね。「唐揚げは粒子」という人がいても不思議じゃない。頭ごなしに否定せず、とりあえず「どういう意味？」と聞いてから判断したいです。

**パリ** そうそう。「それ、粒子じゃないよ」ではなくて、「君にとってそれは粒子なの？」。そこから開ける世界がある。

**ナオ** あります。

## タピオカは麺類？

**ナオ** 「焼酎のタピオカ割り」は、パリッコさんの酒クレイジーな面が表れた話でしたね。

**パリ** タピオカは自分にとって、粒子ではなくてむしろ唐揚げに近いものだということがわかりました。

**ナオ**　えーと……どういう意味？
**パリ**　重い重い。
**ナオ**　あ、そういうことか。
**パリ**　胃袋に、ドスン！　ドスン！
**ナオ**　はは。鉄球のように。
**パリ**　原稿には書かなかったけど、もう一軒同じことをしたお店が手作りタピオカを売りにしてて、たまにある手打ちそば屋みたいに、タピオカ作ってるところをガラス越しに見られるようになってるんです。
**ナオ**　へー！　どうやって作るのか想像もつきません。
**パリ**　でしょ？　まずね、生地があるんです。
**ナオ**　え！　本当にそばみたいな。
**パリ**　分厚くてでっかい。どちらかというと、打つ前のうどんって感じ。ただし黒い。それを電動の製麺機みたいなところに、上からゆっくり入れていくんです。
**ナオ**　いやいや、そばの話？　うどんの話？
**パリ**　タピオカの話をしています。
**ナオ**　今のところ麺類と一緒ですね。

**パリ**　ここからが違って、少しすると、ポロッ、ポロポロッって、不規則に黒い粒が飛び出してくる。

**ナオ**　本当ですか!?

**パリ**　嘘じゃありません！

**ナオ**　麺から急にタピオカになったなー。

**パリ**　それ見てたらなんか笑っちゃって。表向きはあんなにスタイリッシュなのに。

**ナオ**　はは。むしろ見せないでほしかった。最近、普通に飲んだんです。グリーンミルクティータピオカみたいなの。めっちゃうまいですね。

**パリ**　そう、びっくりするくらい美味しいんですよね。

**ナオ**　モニモニしてて、なんかかわいい食感。

**パリ**　ティー部分も本気じゃないですか？　薄ぼんやりしたチューハイとは対極にある美味しさ。

**ナオ**　そうそう。

**パリ**　だからね、つくづく、もう酒で割るのはやめとこうと思いました。もちろん美味しく飲めないことはないんだけど、本気のティーに対する冒瀆《ぼうとく》というような気持ちになってきちゃって。

**ナオ**　はは。住み分け大事ですね。

## 次の誰かのために

**ナオ**　しかしさ、この前、神戸のメリケンパークのトイレに入ったらタピオカドリンクの容器が手洗い場にいっぱい置き去られていて、どれもけっこう残してんの。みんなどうした！

**パリ**　あ〜……その嫌な感覚、すごいわかる。写真はきっちり撮ってるんでしょうね。公園のベンチのわきに酒の缶が捨ててあるのとかも悲しくないですか。

**ナオ**　「酒のイメージが悪くなる！」っていう、誰目線なんだかわからない気持ちが芽生えますね。いつか俺がそこで酒を飲むときに、飲みづらくなる！

**パリ**　ね。酒とは関係ないんだけど、前に公園で、糖質オフのカップ麺の空き容器にスープが残ったまま放置されているのを見て、何重にひとりよがりなんだ！って思ったな。腹は減った。ラーメン食いたい。今すぐ食いたい。太りたくない。健康のために塩分は控えたい。捨てるのはめんどくさい。

**ナオ**　はは。「そんなあなたにぴったりの品が！」っていう。

パリ　「糖質オフラーメンの汁残しポイ捨て法」ね。

ナオ　あと、自販機の横に空き缶とペットボトル専用のゴミ箱置かれていることが多いじゃないですか。あそこにカフェでテイクアウトしたコーヒー容器を捨てようとして、ゴミ箱の穴より容器のほうが大きいから、入口をふさいだままになってるのもきついです。あれって、悪いことの中でもけっこう上位なんじゃないか。

パリ　そうそう。ぜんぜん大したことなくないよ？

ナオ　まずそのゴミ回収する人が大変だし、ゴミ箱ふさがってるから、みんなその前に空き缶を置いていっちゃったりするんですよ。いきなり悲惨な状況が生まれる。

パリ　なんつーか、「犯人」っていう感じですよね。

ナオ　そうです。うっかりした何かとかではなくて確信犯なんですよ。ふさがったのは知ってて去っていくんですから。

パリ　特に酒を飲んだときなど、我々も気づかずにやってしまっている悪行などはないか、せめて気をつけていきたいものです。

ナオ　そうですね。次の誰かの場所をふさぐようなことだけはしたくないっす。

## ひとり鍋専門の立ち飲み屋が欲しい

**パリ**　ナオさんの「台所に立って鍋をしながら飲むのはどうか」の話、最後の架空の店のところが最高だったな～。ひとり鍋専門の立ち飲み屋。まるで本当に見てきたかのような。

**ナオ**　ありがとうございます。旬の食材を自分の鍋にポンポン取り入れていくの、楽しいんじゃないかなって。

**パリ**　本当、なんでそういう店なかったんだろうと思いました。

**ナオ**　酒を飲む場で目の前に火がグツグツしてるのが危なかったりとか、コストがどうとかもあるんでしょうけどねー。

**パリ**　でもひとり鍋の店はなくないでしょう。

**ナオ**　はい。大阪にはひとり鍋の名店がけっこうありますよ。

**パリ**　完成形のやつね。

**ナオ**　そうそう。最初からメニューが決まっていて、追加できるのはせいぜいシメの麺くらいかな。

**パリ**　けど、串カツ屋だったら、あれこれ好きな具材を頼むわけで、なぜ合わせなかった！と。

**ナオ**　ほんとほんと。面倒なのかなー。

**パリ**　いや、盲点だっただけじゃないですかね。面倒ならさ、いちいち小皿なんて用意せず、お客の鍋に頼まれたものを大将がぽちゃぽちゃ投げこめばいいじゃないですか。

**ナオ**　そうか。

**パリ**　「あつっ！」とか言いながら。

**ナオ**　はは。大将、乱暴だなー！

**パリ**　気に入らない客にはオーバースローで。

**ナオ**　豆腐一丁丸ごとビッシャーン！

**パリ**　「二度と来るか！」

## 回転鍋の店

**パリ**　具材が回転してても楽しいんじゃないかな。

**ナオ**　あー！　回転鍋の店「ナベロー」。

**パリ**　ナベローいい！

**ナオ**　鹿児島県産黒豚とか、松阪牛とか、流れてくる。

**パリ**　一皿一〇〇円均一だから、松阪牛は二センチくらいだけど。

**ナオ**　いいのいいの。

**パリ**　気分気分。

**ナオ**　ちょっとずついろいろね。

**パリ**　そのかわり、モヤシは一袋分ですよ。

**ナオ**　こぼれモヤシだ。しかし、回転してるのが白菜だの豆腐だのえのきだの、ちょっと地味かなー。

**パリ**　いえいえ、そこは変わった食材もふんだんに流れてきますから。それこそタピオカとか。

**ナオ**　あー。鍋の許容量ってすごいから。大河のようにいろいろな具材を受け入れてくれる。

**パリ**　虹色のわたあめとか。

**ナオ**　はは。ハンバーグとポテトとか。

**パリ**　「今日のテーマはマック鍋でいくか」。

**ナオ**　最後うんざりでしょうね。「この残った汁、見たくもないんだけど下げてもらえる？」って。

**パリ**　それが店ができない原因か。

**ナオ**　まずは一度、自分たちでやってみたいですね。

**パリ**　いいですね！　ひとりひとり鍋持って集まって。「ひとりで鍋パーティー」ならぬ「みんなでひとり鍋パーティー」。

**ナオ**　食材いっぱい持ち寄ってね。

**パリ**　あれ、これすげー盛り上がるんじゃないすか？

**ナオ**　楽しいと思いますよー！

**パリ**　「うわ、お前の組み合わせずるい！」みたいな。

**ナオ**　「ちょっと味見させてよー！もー！」

**パリ**　完全にありですね。

**ナオ**　「〇〇さんから松阪牛入りました～！」

**パリ**　「おお～!!」

**ナオ**　とかね。

**パリ**　やりましょう！

酒蔵
源氏
キリン
ビール

スズキナオ

# フェリーで飲む際に気をつけてほしいこと

## もっともお酒を楽しく飲めるのがフェリー

先日、大阪からフェリーに乗って福岡県北九州市の門司港まで行ってきた。大阪と門司の間は「名門大洋フェリー」と「阪九フェリー」というふたつのフェリーで結ばれていて、そのうち「名門大洋フェリー」というほうに乗った。

大阪港から出る船も、反対に門司港から出る船も、夕方あるいは夜に出発し、翌朝に目的地に到着する。私が乗った船は、十九時五十分に大阪を出て翌朝八時半に門司港に到着するというもの。船の上で朝を迎えるわけである。

私はフェリーが好きで、年に数回は必ず乗る。さまざまな乗り物の中でも、もっともお酒を楽しく飲めるのがフェリーじゃないかと思っている。歩き回るだけで時間を潰せるほどに広く、外のデッキで風に吹かれながら飲んだり、それに飽きたら船内のテーブル席で文庫でも読みながら静かに飲んだり、と気分に応じて居場所を変えることができる。酒がなくなったら売店か自販機ですぐに買い足すことができる。売店にはいいつまみになりそうなものがたくさん売られていて、フェリーによっては軽食を出すスタンドが併設されていたりもする。

四方八方がオール海だというのもいい。普段、海が見たくなってわざわざ出かけたりするその海に取り囲まれていて見放題。どこかの港に着かない限りはここからどこへも行きようがないという、ちょっと日常から隔絶されたような感じも「じゃあ飲むしかないよな」と思わせてくれる。節度さえ守っていれば最高の飲み環境だと思うのである。

## 船のバイキング

大好きなフェリーに乗って、「さあ今日の酒はうまいぞ！」と乗船前から胸が高鳴っていた。前述の通り、船が出発するのは十九時五十分で、普段の私のリズムからすると夕飯には遅い時間。とにかくお腹が減っている。なのでもう、乗船するなり船内にあるレストランへ直行だ。「名門大洋フェリー」のレストランはバイキング形式になっていて、大人ひとり一五〇〇円ほどで食事をすることができる。運賃とは別料金である。

日頃、バイキングと酒って相性があまりよくないのでは？ と考えている自分だが、海上では別である。いつものように「とにかく限界までたらふく食わないと損だ！」みたいなケチな気持ちは薄らぎ、「まあ、好きなものをちょっとずつ取って、全部がおつまみだと思えば、なかなかいいものですな、ははは」と余裕がある。

実際、周囲の席をチラッと見渡すと、レストラン内で販売されている焼酎のボトルを買い、グループで酒盛りをしている人たちが数組いた。その人たちは、おそらくレストランの営業が終了する数時間後までいろいろ食べながらゆっくりと飲み続けるつもりなのであろう。なんと人生の楽しみ方を知っていらっしゃる人々だろうか。

船のバイキングだからといって手抜きの料理が並んでいるようなことはまったくなく、皿によそったもの全部がうまかった。ジョッキまで冷蔵庫で冷やしてくれているキンキンの生ビールを飲みながら窓の外を見ると、船がゆっくり大阪港から離れていく。それを眺めていると、何かのお祭りだろうか、遠くに花火が打ち上がり、私の隣のテーブルで飲んでいる人が「おお！　俺この夏初めての花火やわ！　得したわ！」と言うのが聞こえた。

## 酒の自販機の販売時間

船上バイキング酒を堪能し、気が済んだところで展望デッキに出る。船が海に残していく波を眺めつつ、旅情にひたり、少し酔いが冷めたところで船内にある大浴場で汗を流す。フェリーの中には浴場が設けられているものもあり、外が明るい時間には窓から海を見ながら入浴できたりするのだ。海上を移動しながらお湯につかるという妙なおもしろさ。

サッパリしたところで売店へ。九州限定で販売されているコカ・コーラ社のレモンサワー「檸檬堂」が売られていたので買ってみる。三種類の味があり、それぞれアルコール度数が違う。アルコール度数五％の「定番レモン」を飲んでみたら、これがかなり自分の好みに合う味わい。甘ったるくなく、スッキリした後味でいい。おつまみがわりのスナック菓子も買い、時計を見るとまだまだ時間はたっぷりある。「フェリー酒、なんて最高なんだ……」と、フェリーに乗るたびに味わう気持ちをまた今回も嚙みしめる。「今日はゆっくりと、そうだな。午前二時ぐらいまでは飲みたい。夜中に展望デッキで空を見上げたら星が綺麗だろうか」、などとほろ酔いで計画しているとお酒がなくなった。

先ほどの売店はもう営業時間が終了して閉まっていたので、酒類の自販機の前まで歩いていくことに。あれ……？　全部のボタンに〝売り切れ〟の赤い表示が出ていて買うことができない。んー？　と思って自販機を見ていたら「当販売機は二十三時〜翌十時の間停止させていただきます」と書いてある。ギョッとした。

フェリーの自販機に限らず、酒類を売る自動販売機が二十三時から翌朝まで販売できないようになっているのを見たことがある。未成年が購入したり、夜間に多い飲酒運転を防ぐため、もともと国税庁が主導で全国的に進めたことだという。それが船内の自販機にも適用され、調べてみると多くのフェリーの自販機が同じルールを採用しているようだ。というか、前にも私は別のフェリーでこの自販機トラップに引っかかったことがあった。学習能力の乏しさよ。

考えてみてほしい。目の前には時間だけがたっぷりあり、酒がない。そしてここは海の上。コンビニを探しに歩いていくこともできない。さっきまで天国だと思っていたのに、いきなり地獄である。私に残された選択肢はただひとつ、〝さっさと寝る〟であった。

フェリー酒が大好きなので、もし同じ趣味の方や、「へえ、フェリーで酒かぁ！　楽しいかもね」と思ってくれた方がいたら、これだけはしっかりと伝えておきたい。酒の自販機の販売時間を！　とにかく！　よく確認しておいてください！

パリッコ

# にんげんこわい

## 本物そっくりのカニカマがこわい

カニの身にそっくりなカニカマがありますね。オーソドックスな円柱形のやつじゃなくて、もう、本物のカニをゆでてむいた身にそっくりなやつ。気軽にカニ気分を味わえて、大変ありがたい食材です。なのですが、先日あれを食べているときに、突然気づいてしまったんですよ。「私は人間が恐ろしい」と。

地球という星に生を受けた以上、海でカニをとってきて食べる。魚をとってきて食べる。これはまぁ、しかるべき、自然な行為のように思えます。が、海で魚をとってきて、あーだこーだすったもんだして、変幻自在な素材に作り変える。それを別の生き物であるところのカニそっくりに成形してしまう。見た目だけじゃない。噛みしめるとほろりと崩れる食感まで再現する。人間は、別の素材からカニを創りだしてしまった。僕の友達の中でもひときわ味に無頓着な男が以前、持ち寄りの宴会でカニカマを食べながら、「このカニ、おいしいな～」とつぶやいていたときの純粋な笑顔も脳裏に焼きついて忘れられず、いつかこの技術は暴走し、ついには人間に襲いかかってくるのではないか……。そんなふうに感じてしまったんです。

スーパーの練り物コーナーで、さらに驚いたことがあります。「黄色いカニカマ」なるものが売られていた。我が目を疑いました。自分自身が無学なこともありますが、僕は、ゆでて殻をむいたらその身が真っ黄色に染まっているカニを知らない。人間は「サラダに入れるときに彩りがいいから」というエゴによって、神さえも創造しなかったカニを生みだしてしまったということなのか。もはや、キメラ・クラブ。夢に出てくる。

## イカは特に不遇

そんな、人によっては「熱でもあるの？」と心配されそうな話をナオさんにしてみたところ、こんな返事が返ってきました。「わかります！　私もこの間、アスパラに豚の薄切り肉を巻いているとき、ふと、『いいの、こんなことして!?』って思いました」。さすがとしか言いようがありません。普通に生活していれば出会うことのなかった豚とアスパラガスを、勝手に組み合わせてしまう。しかもなんだか小粋に。確かに美味しいけれども、ちょっとルール違反なんじゃないか？　そんな気持ちを一度でも抱いてしまえば、ぬぐいきるのは並大抵のことではありません。

ナオさんからはこんな話も出ました。「『いかめし』ってのも相当ですよね」。

あぁそうだ、思えばイカほど不遇なやつもなかなかいない。海でイカをとってきて食べる。ここまでは自然。だけどどうでしょう？　我々人類は、とってきたイカを、例えば干す。ペラッペラに干す。ときにはとっくりの形に干す。「いかとっくり」というやつですね。ここに燗酒を注ぐと、フグのひれ酒なんかと同じように、風味とうまみが酒に加わり、好きな人にはたまらない味わいになるんだそうです。このイカ酒をじゅうぶん堪能したらこんどは、「これ、イカだから食べられるんだよね～」とか言いながら、かじってモグモグして飲みこんでしまう。イカだってつかまったときは、まさか自分がここまでよくわからない状況におちいるとは思っていなかったことでしょう。

いかめしも、確かに相当。「あぁオレは干されなかった」と安堵していたイカが、こっちはこっちでお腹にメシを詰められてしまうとは。当のイカ本人以外には知るよしもありませんが、「これだったら酒のほうがまだマシだった……」なんて思っているかもしれません。

## この世は恐ろしいものであふれている

そうやって意識してみると、この世は「私は人間が恐ろしい」と感じるものであふれています。

「ノンアルコールビール」だってそうじゃないですか。本来アルコールを造る過程で生まれた風味を、なんと酒なしに再現しようとする。しかも「透明なノンアルコールビール」なんてものまで出ていて、そのペットボトルには「オフィスでも！」と書いてあったりする。そうまでしてあの感じを味わいたいか！と、人間の意地を感じます。

サシの入った生の牛肉に、ウニをのせたような料理もありますよね。ああいうジャンル、海＆陸というわけで「サーフ＆ターフ」と呼ばれているそうです。が、海と陸？ちょっと君、ダメダメそんな組み合わせ！え？理由？いや、はっきりとは説明できないけどさ……なんか悪い感じしない？ってな気分になってしまう。

カニカマの仲間だと、ホタテやウナギそっくりなのにとどまらず、なんとカキフライやエビフライを再現したものまであるそうです。「ケンタッキーフライドチキン」は美味しすぎてこわいし、「サーティーワンアイスクリーム」は見た目がポップすぎてこわい。

あとあれ、ツバメの巣。「巣」って！　普通食う？　巣。ダメでしょう、人のお家食べちゃ。

……とまぁ、いろいろ言ってきましたけれども、残念なことに僕は、カニカマもいかめしも大好物。どちらもたまらなく、お酒に合ってしまいますしねぇ。

というわけで、ここらで一杯の酒がこわい。

「にんげんこわい」というお噺《はなし》でした。

サラダしたらば
かに入り
焼酎ハイボール

スズキナオ

# 二日酔いについて

## 寄せては返す波のよう

これを書いている今、二日酔いである。昨夜、知人に呼ばれて行った催しの会場で缶ビールが気前よく振る舞われ、すすめてもらうままに飲んだ。慣れない場所で少し緊張していたのもあって飲むペースが早くなってしまい、酔うにつれてさらにそれが加速していき、「よしもう一軒行くぞ！」の勢いにつながって……という典型的なパターンであった。

これはおそらく誰しもそうだと思うのだが、何かを食べたり飲んだりしたから、とか、何かをしたら二日酔いがケロッと解消された！ということは残念ながらない。もちろん、水分をたっぷり摂るとか、熱いシャワーを浴びるとか、少しでも二日酔いからの回復を早める手立てはあるかもしれないが、それで一気に気分爽快になるなどということはなく、ただひたすら耐えるしかない。

私はいつも（というか今も）二日酔いは寄せては返す波のようだと思う。横になっていて、ちょっと楽になったと思う。「よし、ようやく二日酔いから抜けたようだ」と起き上がってパソコンに向かってメールをチェックしだしたりすると、また不調の波が戻ってくる。一進一退を繰りかえしながら、じわじわと、少しずつ快方に向かっていく。快方といっても、長い時間かけてようやく「いつもよりちょっと元気ない」ぐらいのところに戻れるだけ。本当に辛い。

## 汁しか飲めない

今の私はフリーの仕事をしていて時間にある程度自由がきくため、不調であれば回復するまで寝ているということもできるけど、数年前まで、会社勤めをしていた頃はハードだった。もちろん、「明日も仕事だ」という思いがどこかでストッパーになり、そこまで激しく飲まない、ということもあったけど、恐ろしいのは同僚と飲んだ場合だ。なんせ同僚、お互い明日も朝から同じ職場にいなくてはならない。つまり運命共同体。その相手が「明日のことはもうどうでもいい！　タクシーで帰って少し寝れば大丈夫だろ！」みたいな勢いで猛然と飲みだした場合、私も「そ、そうだよな！」と後戻りのきかない険しい道に飛び出すことになる。

そうやって深夜まで飲み続け、ロクに寝ることもできずに出社するとひどい。男性トイレにあったふたつの個室トイレに私か同僚か、あるいはふたりの両方かがずっと籠っている状態。ようやく自席に戻ってもまったく仕事にならない。宙を見つめたままただそこに存在しているだけの状態。昼になっても気分は悪いままだったが「何かお腹に入れないとだめだ」と、同僚がカップラーメンを無理矢理食べようとして、「無理だ……汁しか飲めない」とうなだれていた場面が記憶に残っている。

先日、父親と一緒に、父の生まれ故郷である山形に行ってきた。「酒と親族」（P44）で書いた通り、山形の親戚たちはみんな酒好きで、そして酒が強い。恒例の大宴会となり、そうなると限界まで飲まずにいられない性分の父はたらふく酒を飲む。翌朝、体調不良によって一気に老け込んだように見えた父が「アルコールが一発で体から消えるような薬ってできないのかね……」とつぶやいた。「そしたら、ノーベル賞をあげたいよ」とも言っていた。悲しいことだが、父が生きてるうちにそんな都合のいいものが生みだされることはないだろう。

## ズバババってやってもらいたい

私が大好きなマンガ家のいましろたかしに『タコポン』というSF作品があって（原作は狩撫麻礼《かりぶまれい》）、そのストーリーについてはちょっと複雑なので割愛するとして、作品の中に突如あらわれる謎の人物があるとき、酒を飲みすぎる。飲みすぎてぐでんぐでんになるのだが、するとロボが大きな吸盤のようなものを謎の人物のお尻にあてがい、「ズバババ！」という激しい音とともに体内からアルコールだけを吸引する。それが終わると次の瞬間には謎の人物はスッキリした顔で歩きだしている。という、ちょっとした場面なのだが、重い二日酔いに苦しんでいるとき、「あのズバババってやつ、今すぐやってもらいたい」と、横たわりながらいつも思う。父を笑うことはできない。

「二日酔いには迎え酒」という、ほとんど都市伝説みたいな話を、酒好きなら必ず耳にしたことがあると思う。実際、私も酒飲みの友人にそのように教えられた。彼いわく「二日酔いが一番苦しいのは体からアルコールが抜けていくときなんだって。シラフに戻るまでの段差が大きいほうが余計に辛い。苦しいときにあえて酒を飲むことで、その段差がなくなってスロープになるらしい」と。本当かよ！　寒い日にプールに入っていたら、プールから上がるよりも水の中にいるほうがあったかく感じるみたいなことだろうか。酒のプールに。

ここのところ節酒を心がけているのだが、明確に二日酔いが軽くなったと感じる。たまに深酒したときの翌日へのダメージがかなり減ったのだ。二日酔いの辛さから逃れるためには、迎え酒よりも日頃の節酒のほうが近道ではないかと、今の私は思っている。

生ビール
生ビール

# 酒と幼なじみ

## 突然のメールの主は……

一年半ほど前、テレビ東京ミュージックという会社の方から、一通のメールをもらいました。

「突然のご連絡失礼いたします」「酒場ライターとしてご活躍のパリッコ様にご相談させていただきたいことがあります」というような、いわゆる新規の仕事依頼。これは大変ありがたいぞと読み進めていたら、メールの途中から、ちょっと様子が変わってきます。

「と、堅苦しく始めてしまいましたが、僕、小学校で一緒だった長沼《ながぬま》です。久しぶり！ お元気ですか？」

え、ちょと待って待って、急になに!? このメール書いてるの、長沼君？ ていうか、ナガチ!? ナガチというのはもちろん長沼君のあだ名で、彼は小学校の同級生。というか、小学校時代は一番仲が良かった友達で、家族ぐるみで何度も旅行に行ったりしました。が、彼は非常に頭が良く、中学から有名私立校へ進学してしまった。公立へ行った僕とはおのずと疎遠になり、小学校を卒業してから会ったのは、大学時代に一度だけ。それも共通の知人が参加していたお花見の席で偶然に十五分くらいという、かなり距離のある間柄だったんです。どうやらそのとき、僕はすでに「パリッコ」という名前で音楽活動をしており、そのことを彼に話していたらしい。それを覚えていて、気になってたま～に名前を検索しては、「お～、やってるな～」と思ったりしてくれていたそうなんです。そんなナガチから、突然メールが来た。これは驚きますよね。

読み進めてみる。どうやら彼は現在、テレビ東京ミュージックという会社に勤めていて、金曜の深夜にやっている『音流～ＯＮＲＹＵ～』という番組を担当しているらしい。知ってる知ってる！ で、その中で新しく、ミュージシャンが大衆酒場で飲んだり語ったりするコーナーを作りたいらしい。何それ最高！ で、僕にアドバイザー的な役目で出演してほしいんだそう。ええ、もちろん、何でもやるに決まってんじゃん～！ というわけだったんですね。

## 三十年ごしのサシ飲み

数日後、とりあえずナガチと会うことにしました。打ち合わせではあるけれど、旧友との久々の再会。さらに、お酒に関するコーナーをやろうとしてるくらいだから、そりゃあ酒場がいいだろう。と、場所は池袋の「ふくろ 美久仁小路店」という、渋～い大衆酒場にしました。

若干の緊張感とともに店へと向かいます。なんせ会うのがめちゃくちゃ久しぶりなので、ぱっと見で顔がわからなかったりしたらどうしようなんて不安もあったんですが、カラリと戸を開け、店内を見まわしてみると、ははは！ カウンターでナガチが飲んでる！

人間、だいぶ人格形成ができあがってくる高校時代以降くらいの友達とだと、何年ぶりかに会っても違和感を感じないくらい自然に話せたりするもんですが、こうも間が空いていると最初はぎこちないもんですね。お互い「どう……最近は？」みたいな感じ。が、お酒が入ってしまえば話は別。初めてのサシ飲みをしながら、「あのときはこうだった」「あいつは今どうしてる」「最近の地元はこんな感じだ」なんて話で盛り上がり、けっきょく三軒ハシゴして、最後は南池袋公園の芝生の上で寝っ転がりながら缶チューハイを飲むという、エモみ満点の夜となりました。

ナガチは以前バンドをやっていて、それもかなり人気があったというのは、地元の友達から聞いたことがありました。ただ、もうずいぶんと自身の音楽活動はしていなくて、最近のもっぱらの個人的楽しみは、お酒なんだそう。「最近酒が好きすぎてさ、どうしても休肝したい日は、二郎系のラーメンをがっつり食って胃の容量をなくして我慢してるんだよね」と聞いたときは、わはは、こいつバカだな〜！と思いつつもすごく共感してしまったし、そんな現在に至るまでの人生のルートがまた、もちろん僕のほうが規模はぜんぜん小さいんだけれども、まったく同じなんですよね。だからこそ仕事でもそういうコーナーを始めたいと思いたったし、酒がふたりを再び引き合わせてくれた。

途中ふらりと立ち寄ったジュンク堂という本屋さんで、当時発売されたばかりだった僕の『酒場っ子』『晩酌百景』『酒の穴』という本が並んでいるのを見てナガチがつぶやいた、「コバ、すげぇよ！」（コバというのは僕のあだ名です）という言葉、なんだかこそばゆくも、めちゃくちゃ嬉しかったことを覚えています。

## 酒場サーキット

そんなこんなで始まった『音流〜ONRYU〜』内の「酒場サーキット」というコーナー。おかげさまでもう一年以上続いており、有料の動画サービス「Paravi」では、コーナー単体での配信もスタートしています。

撮影のスケジュールとしては、月に一、二回、まずは僕の推薦した、会場となる酒場でロケハンがある。そこで「当日はこれとこれを頼みましょうか」なんて相談をしつつ、番組冒頭に流れる僕の酒場紹介VTRを撮影する。数日後の本番では、コーナーのメインMCである、人気バンド「BLUE ENCOUNT」のギターボーカル、田邊駿一《たなべしゅんいち》さんと、もうひとりのゲストが、その店で飲みつつトークする。本番収録に関してはスタッフさんから、「パリッコさんもできたら顔を出してください」的な日程連絡をいただき、予定が入っていればいかないし、大丈夫なら顔を出す。で、顔を出すと、「ちょっと出ちゃいましょう」かなんか言われ、ヘラヘラとチューハイ片手に軽く撮影にまぜてもらったりする。また、田邊さんがものすごくいい人、かつ進行がめちゃくちゃうまくて、僕がヘラヘラしてるだけで、いい〜感じに場をまとめてくれるんですよね。自分でも、TVってこんな、ちょっと近所に散歩へ行くような感覚で出ていいの？　と思ったりするんですが、ナガチによれば、酒場サーキットのコーナーはそれでいいんだそうで、まったくありがたい話です。

ロケハンでも本番でも、すっかり顔なじみになったスタッフさんたちとともに、わりとがっつりと飲みます。つまり、ほとんど会わなかった三十年近いブランクを経て、急に定期的にナガチと飲むようになったというわけ。こんな状況、一ミリたりとも想像したことはなかったし、人生って、お酒って、あらためておもしろいなぁと感じつつ、ものすごく幸せな仕事の現場なので、長く続いてくれるよう、僕はただただ、祈っていようと思います（他力本願）。

スズキナオ

# ひとり酒、みんな酒

## 居酒屋でひとり飲み

ここしばらく、節酒期間のつもりで過ごしている。家でお酒を飲むのを極力控え、基本的にはノンアルコールビールで代用。友人に飲みに誘われるのは嬉しいので、そういうときはたくさん飲む。仕事で居酒屋を取材するときなんかももちろん飲む。以上！と、そういうふうに過ごしていると〝ひとりで居酒屋で飲む〟という時間がほとんどなくなってしまった。

しかし、考えてみれば、私はそもそもひとりで飲みに行くということをそれほどしてこなかったのではないか。特にここ数年、大阪に越してきてからというもの、ひとりではあまり飲みに出かけなくなった。いや、公園のベンチで缶チューハイ、とか、何かの帰り道にコンビニで買った発泡酒を、とか、そういうひとり酒は頻繁に飲むのだが、居酒屋でひとりしっぽりと飲む、という時間を久しく過ごしていない気がする。酒好きライターみたいなこと

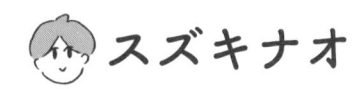

を言っておきながら、恥ずかしい限りである。

## 何してりゃいいんだ!?

正直なところ、ひとりで店で飲んでいるとき、何をして過ごせばいいかわからないのである。もちろん、酒を注文する。つまみも二品か三品は注文する。しかし、いかんせんひとりなので、出てきたつまみをどんどん食べる。皿があっという間にスカスカになっていく。刺身が最後に一切れ残った状態で「あっ、これ食べ終わったらつまみが何もなくなるな」と、気づく。つまみゼロではお店にいづらい気がして、そうなると追加で何か注文するか、「いや、でももうわりとお腹は満たされたしな……」と、いつもそんな調子である。ええい！と半分残っていたレモンハイを飲み干し、最後の刺身を口に放り込んで店を出る。

こういった場合、本当はもっとゆっくりと料理を楽しみ、食べ終わるまでの間に二杯、三杯とお酒を飲めばいいんだろうとわかってはいる。だが、ゆっくり料理を楽しむっていう、それができない。一口目と二口目の間の時間、何してりゃいいんだ!?

壁のメニューを見る……もうお腹もいっぱいだ。考え事をする……サボって締め切りが迫った仕事のことばかり考えて落ち込む。スマホを取り出してツイッターを見る……みんなが何言ってるのかぜんぜんわからない。と、何をしてもしっくりこず、手持ち無沙汰な感じになる。

## ひとり飲みと複数人飲み

もうずっと昔のことだが、生まれて初めてひとりで飲みに行くことを思い立ち、勇気を出して高田馬場の焼鳥屋に入った。そのときは文庫本を持っていった。これを読みながらゆっくり飲もう、と思ったのだ。しかし、店によるのかもしれないが、居酒屋の中って結構ガヤガヤしていて、気が散る。文章がぜんぜん入ってこなくてすぐ本を閉じた。これだったら近くの席のおじさんたちの話をなんとなく聞いているほうが楽しいように思えた。

私のやっているバンド・チミドロのメンバーはみんな酒好きなのだが、ひとりで飲みに行くことについてどう思うか聞いてみたところ、いろいろな意見があった。「人としゃべるのが上手じゃないからほとんどひとりでしか飲みに行かない」という者、「黙々と飲んでいるのに憧れるんだけど、寂しくてついついお店の人と話したり、他人の話に相づちをうったりしてしまう」という者、「ひとりで飲みに行ったら八十パーセントぐらいの確率で誰かが奢ってくれる」という幸福な者もいた。とにかくみんな口を揃えて言うのは、ひとりで飲みに行くのと複数人で飲みに行くのでは飲み方がぜんぜん違う、ということであった。

## なんだかうまくやれない

確かに、誰かと飲みに行くのであれば、店選びからして相手の好みを考える必要があるし、注文する食べ物も、飲むペースも違ってくるだろう。あとそうだ、人と飲みに行くということは、まあだいたいの場合、飲みながら会話するということである。これも大きなポイントだ。いざ誰かと飲みはじめたはいいが、話題がまったく思い浮かばないという経験、私はある。かなりある。あれは焦るものだ。パッと考えてみただけでも、ひとり飲みとふたり飲みというだけで大きく違う。脳の使う部分が変わってきそうなほど。

では、もっと大人数の飲みはどうだろうか。これがもう、私は大変苦手だ。どう振る舞っていいのかわからないのだ。みんなに聞かせるほどの話がまったく思い浮かばないし、食べるほうに徹するというほどいろいろ食べるわけでもなく、とにかく、淡々と飲みながら元気な人の話をずっと聞くだけとなる。おそらく、飲み会の途中で私が別人に入れ替わっていても気づかれないだろうというほど、何もできない。みんなで飲むのは賑やかな気分になるし、話を聞いているのは好きなのでじゅうぶん楽しいのだが、「なんだかうまくやれなかったな」と、帰り道はいつも情けない気持ちになる。

ひとり飲みも大人数での飲みも苦手となると、ひょっとして私は居酒屋に向いてないのだろうか。と落ち込んでいたが、バンドメンバーに「周りをそんなに気にせず、もう少しあつかましく飲んだらいいんですよ！」と励まされた。その教えを試すため、今すぐ飲みに行きたい。

# 今すぐ飲みたい！

## 特殊すぎる日本の酒事情

根っからの酒好きなもので、日々暮らしている中で、昼夜問わず、一刻も早く、迅速に、可及的速やかに、「今すぐ飲みたい！」というタイミングがやってくることは少なくありません。そういうときに毎度、日本ほど恵まれた国はないなぁと思わされます。

まず、どこにでもコンビニがある。二十四時間いつでもお酒が手に入る。ストロング系缶チューハイカルチャーというのもすっかり定着した感がありますね。アルコール度数九％のキンキンに冷えたヤバいブツが、冷蔵庫にずらりと並んでいる。しかも、季節ごとのフルーツ味あり、メロンソーダ味あり、コーラ味ありと、めちゃくちゃポップ。

そんなストロングチューハイを、外国人観光客が楽しそうに路上で飲んでいる姿というのもよく目にするようになりました。それを見て「わざわざ遠い国までやってきてそんな普通のことしなくても……」と思う方がいるかもしれませんが、さにあらず。そもそも、街なかでなんの規制もなく堂々と飲酒できる国というのが、相当珍しいみたいですね。外国映画で、酒の瓶を紙袋に包んで飲んでいるシーンがあるでしょう。あれ、かっこつけてるとか保温してるとかではなく、屋外での飲酒が基本的に禁止されているから隠してるんだそうです。つまり、人前で堂々とお酒が飲めること自体が、外国人にとってはエンターテインメントだということ。それだけに、我々日本の酒飲みは率先して、酒の地位向上、とまではいかずとも、せめて地位を今より落とさないためのマナーの徹底などに努めていきたいものです。

## 街には無数の選択肢が

それだけではなく街には、昼夜問わずお酒を提供している店があふれています。平日の昼間、次の予定までぽっかりと二時間くらい空いてしまった。今日は猛暑日。なんかこう、どっか涼しい店内でビールでも飲まないとやってらんない。そんなときの選択肢も無数にある。

もっとも望ましいのは、早い時間から飲める渋い大衆酒場。例えば僕の勝手知ったる池袋の街であれば、北口のあたりに、二十四時間営業の「居酒屋 大都会」「若大将まつしま」「帆立屋」、朝八時から開く「ふくろ」、昼が近づけば「かめや」「八丈島」タイ料理で飲める「バーンカオケン」、加えて、いくらでもある大陸系中華屋と、その日の気分で選びたい放題。もちろんそんな街のほうが珍しいわけですが、ほかにも浅草、上野、赤羽などなど、昼飲み天国の様相を呈している街というのはありますし、そうでなくとも、突然ポツンと昼間からやっている個人経営の大衆酒場というのは、日本全国いっぱいあります。

じゃあそういうお店が見つからなかったらどうするか。大丈夫、我々には二十四時間営業の「磯丸水産」がある。素晴らしいですね、あそこ。昼日中からランチの人と昼飲みの人が入り混じり、ワイワイと活気あふれる店内。その空間に埋没して、ひとりホッピーのグラスをかたむける。今すぐ飲みたい！ のときは、別にがっつり飲みたいわけではないので、ホッピーセット＋おかわりのナカ＋何か一品くらいでいい。「サーモン刺」か「海鮮キムチユッケ」を頼むことにしてますね。僕は。

ほかにも、その街ならではの渋い町中華があれば大変けっこうですが、チェーンの中華屋でもじゅうぶんありがたい。「ぎょうざの満州」最高。「餃子の王将」「大阪王将」ありあり。「中華食堂一番館」なら群を抜く安さがありがたく、困ったときの救世主といえば「日高屋」！

その街ならではの渋い定食屋というのも大変けっこうですが、こっちにはファミレスがある。「デニーズ」「ジョナサン」「ガスト」、最近はどこでもお得に飲むことができます。むしろ、ハッピーアワーにリーズナブルなちょい飲み用のおつまみと、「こんなに酒飲みに配慮していただいていいんでしょうか……？」と驚くほど。きわめつきは「サイゼリヤ」ですよね。これについてはもう、説明不要でしょうか？

## 回転寿司で「今すぐ飲み」

最近、回転寿司ってのもかなり「今すぐ飲み」に適してるなぁと気づきました。だってさ、目の前に回ってる美味しそうなお寿司たち、一皿一〇〇円均一というお店も珍しくない。考えてもみてください。一〇〇円のおつまみがこれだけ充実している居酒屋が、ほかにどれだけありますか？　しかも最近のチェーン系回転寿司屋、刺身やちょっとした一品料理のほか、ポテトだの、唐揚げだの、そばうどんだの、ラーメンだのと、既成概念を打ち砕くようなメニューもガンガンに取り入れてくれてます。極端な話、寿司を一貫も食べなくたって楽しめてしまう。「いいのかな、そんな非常識なことして……」と臆することはありません。個人店とは違い、チェーン店の店員さんはいちいちそんなこと気にしてないし、そもそも我々、一杯でお寿司三皿分くらいの値段がする高級品であるところの「お酒」を飲んでいるんですから。

最近、地元の駅前に松屋グループがプロデュースする「すし松」って回転寿司、じゃないな、あそこは回ってるんじゃなくて、タッチパネルで注文するとレーンに乗ったお寿司がビューン！と目の前に届く、いわば直行寿司、そう、直行寿司のお店ができたんです。メニューの「一品料理とお飲み物」コーナーを見てみると、枝豆一五〇円、冷奴一五〇円、梅水晶二九〇円、生ビール三五〇円、サワー系三五〇円、熱燗四九〇円。ほらね、こうやって取り出してみると、近所にあったら通っちゃう居酒屋でしかないじゃないですか、もう。で、最後に数貫お寿司を食べて締めることまでできてしまう。一度軽くランチに入ってみたことはあるんですが、こんどあらためて、じっくり向き合ってみたいなぁ、と思っています。

カラオケ

スズキナオ

# 酒と生きる

## 町屋にて

何年か前、仕事帰りにふらっと荒川区の町屋まで飲みに行った。テレビでも見たことのある、界隈では有名らしいモツ焼き店に入ったのだが、平日の夜遅い時間だったためか、カウンターに男性客がふたりいて、あとは私ひとりだけだった。

静かな店内でモツを少しずつ食べながら飲んでいると、男性客ふたりに「若い方がおひとりで、珍しいですねぇ」と声をかけられた。そこから少し会話が続き、聞けばふたりはお通夜の帰りだという。なるほど、言われてみれば喪服姿である。町屋には都内でも有数の大きな斎場が、駅から歩ける距離にある。おふたりとも年の頃は六十代半ばと見える。

話す声がなんともいいなと思っていたら、ふたりは落語家なのだという。落語家が大勢所属する協会に名を連ねていて、そういうところにいると、師匠や先輩、お世話になった関係者などなど、とにかく高齢の方がたくさんいて、もうひっきりなしに誰か亡くなるんだそうだ。

ふたりはいつも、町屋斎場の帰りにこの店で一杯飲んでいくのが習慣になっているそうで、「どんどん死ぬからもう頻繁に飲みに来るの。ついこの前も来たもんなぁ」と穏やかに笑っていた。「この歳になると、酒の席なんて葬式ばっかりなんだから」と聞き、いつか自分にもそんな酒が増えるときが来るんだろうかと、話を聞いているうちにすっかり酔い、店を出た両足はふらふらと覚束《おぼつか》ない。その席で聞いた話は覚えているのに、自分がその後どうやって帰ってきたのかまるで記憶がない。今でもそのときのことは半分夢の中の出来事のような、変な感触を伴って頭の中に残っている。

## ママの手帳

つい先日、その町屋に行くことがあった。町屋斎場へ。遠い親戚の告別式で、私の父のいとこなのだが、六十五歳で亡くなった。その人は東京の下町でスナックをやっていて、私の父は誰かと飲んでいて興が乗ると、タクシーに乗ってよくその店に顔を出していたようだ。私も何度か、巻き込まれるようにしてその店に飲みに行ったことがあり、父のいとこであるママは「あらー！　もう！　また無理矢理連れてこられちゃったんじゃないの？　かわいそうに。無理しないで。水割り薄くしておく？」みたいに、若輩者にも優しく接してくれるのだった。

なんだかんだでその店に十回ぐらいは行ったかもしれない。私がその親戚と会ったのはほとんどその店の中でだけで、合計すれば人生の中のたった数時間にも満たないが、勝手に親しみを覚えていた。帰り際にそっとお小遣いをくれたこともあった気がする。

そのママが亡くなり、町屋の斎場へ行った。ママはお店で働く女の子たちに愛情を惜しみなく注いだようで、すでにお客さんがお店の中で飲んでいる時間だろうと関係なく、女の子が出勤してきたらご飯とおかずとしじみの味噌汁を用意して、「お腹減ったでしょう！たくさん食べなさい」といつも言ったという。「一緒にハワイに行ったね」、「ゴルフも一緒にしましたね」、と、ママのお店で何年も働いた女性が弔辞を読むのを、私は父の隣に座って聞いていた。その後に、お焼香があって、喪主であるママの息子さんが挨拶をして、ママが闘病しながら最後までつけていた手帳に、「楽しい人生　辛い人生　我が人生に悔いなし」という言葉が書き留めてあったと話し、父の横で泣くのも恥ずかしいなと思って天井を見るようにしていたのだが、その挨拶が終わると、父は「俺のときはお前が挨拶するんだから、練習しておけよ」と笑い、なるほどあんなに立派な挨拶は自分には到底できそうにない、と気が重くなった。

## いくつになっても

自分はいくつまで酒を飲んでいられるんだろうかと思う。父は今年七十歳になるが、相変わらず飲んでいる。私の尊敬するライターやマンガ家の先輩たちは、父と比べるのは失礼なぐらい、もっとずっと若いけど、今四十歳である私なんかの何倍も元気に飲んでいる。みんなタフだ。

九十二歳で亡くなった祖父は、最後までウイスキーを飲んでいた。小さなガラス瓶に、お医者さんに「これぐらいならいいでしょう」と決められた量のところで、マジックで線が引いてある。ボトルからその小瓶に中身を移すと一日に飲んでいい量がわかるわけだ。それを水割りにしてゆっくりと、大事に飲んでいる姿を何度か見た。

父の仕事仲間で、ガンを患って闘病中だという人に、「ウイスキーは抗がん剤と相性がいいから、こんな体になっても旨いんだよ」と言われたとき、なんと返事をしていいかわからず困ったこともあった。抗がん剤と相性のいい酒なんてたぶんないよ！

とにかくみんな、自分の人生や自分の体と折り合いをつけながら、まあ、いくつになっても酒を飲んでいる。その道のりの遠さを思うと頭が下がる。酔ってすっ転んだり、間抜けなことの多い道だが。

歳をとり、愛しい人が次々いなくなっていく世界に取り残されて、もしそこでまだ自分が酒を飲んでいたら、それはどんな酒だろうか。それはそれでなかなかいいものなのか、その味わいについては飲んでみないことにはわからないが、きっと、そのとき飲んでいる酒も、今の自分が飲んでいる酒も、いなくなった人たちが飲んだ酒も、どこかでかすかに響きあっているんだろう。

# 酒と劣等感

## 隣のクラスのイラストコンクール

絵を描くことが得意な少年だった。授業中、ノートに落書きばかりしていた。子どもの頃って、「あいつは足が早い」「あいつはおもしろい」「あいつは頭がいい」と、それぞれにキャラクターがあった気がするけど、自分はたぶん「絵がうまい」担当だったと思う。しかし、上には必ず上がいる。

通っていた小学校は一学年に二クラスあって、六年のとき、僕は一組だった。もちろん二組にも友達がいるから、休み時間に遊びに行くこともある。ある日、二組の教室の掲示板で、自発的に「イラストコンクール」が開催されていることを知った。絵を描くことが好きな生徒が、自分の描いた自信作を好きに貼っておく。毎月何枚かのイラストが集まり、月の最後に人気投票を行い、大賞が決定する。それだけのことだけど、楽しそうですごくうらやましかった。そこで、その企画をまとめてるやつに「一組だけど俺も参加していい？」と聞いてOKをもらった。

描いたのは確か、細部のメカメカしさをできるだけ緻密に描きこんだ、巻きグソ型のロボット。くだらないものだ。けれどもかなり気合いを入れ、実際、友達が「うめー！」などと言ってくれていた記憶がある。それをひっさげてコンクールに参戦したわけだけど、その月の大賞は自分の絵ではなく、F君の描いたオリジナルキャラクター「ムヒョーおじさん」だった。ぱっと見、十秒くらいでさらさらっと描いた落書きのようだ。しかし、見れば見るほどおもしろく、描線のなめらかさも絶妙。僕は「本当の天才ってこういうやつのことなんだな……」と打ちのめされ、いい気になってそこに参加した自分が恥ずかしくてしょうがなかった。

この件にはさらに追い討ちがあった。当時一番よく遊んでいた友達が、O君とS君だった。自分はまったくそんなタイプじゃなかったけど、彼らは兄弟の影響か不良っぽい雰囲気があり、ちょっとしたいたずらをして担任教師に「またこの三人組か！」などと言われると誇らしいような気持ちになったものだ。

そのO君が、たぶん軽い気持ちで僕をからかった。「わざわざ隣のクラスでやってるコンクールに参加するってことはさ、やっぱり大賞を取る自信があったんでしょ？」「ちげーよ！」と否定したけど、図星だ。しかしそれを認めるわけにはいかない。結果、口げんかになり、絶交し、なんとそのまま卒業してしまった。無駄なプライドほど不要なものはないと知り、それら大部分を酒で流し捨ててきた今ならば、「ははは、そうそう、も～飲むしかないよ。よかったら今夜付き合ってくんない？」なんつってさらに親睦も深まろうというものだが、当時の僕にはそれができなかった。

## 芽が出ない節

中学時代、学習塾に通わされていた。勉強の才能もからっきしというわけではなかったようで、学年の中でもけっこう成績がいいほうだった。塾のクラスは定期テストの結果によって、下から、Bクラス、Aクラス、Sクラスと続き、基本的にSクラスをキープしていた。だけどやっぱり上には上がいる。その上に、Kクラスというのがあった。一度だけ、たままテストの結果が良く、Kクラスで授業を受けていた時期があったのだけど、驚くほどに世界が違う。嫌々やっている自分とは違い、周囲の天才たちは勉強を心から楽しんでいる。講師の言葉をスポンジのように吸収し、自分の中で消化し、それを応用して次々に高度な問題を解いてゆく。彼らは授業中のオーラからして違う。キラキラと目を輝かせ、前のめりになり、「もっと！　もっと！」という心の声が聞こえてくるようだ。何ひとつついていけなかった。

高校時代、電気グルーヴと出会い、その刺激的な世界にのめりこんだ。テクノミュージックは楽器ができなくても作れると知り、機材を買い、曲作りやライブ活動に夢中になった。その趣味は長く続き、二〇〇一年に仲間とＬＢＴというレーベルを立ち上げ、インディーズながら、わりと精力的にレコードやＣＤのリリースを重ねていった。二十代の頃は、いつか音楽活動で有名になったり、生計を立てられるようになったらいいな、なんて夢見ていたし、自分の作る曲がけっこういい線いってるんじゃないかとも思っていた。しかしながら、何年経っても、専門の音楽雑誌に活動が取り上げられるというようなことがない。つまり、売れる気配がない。その間、本当に才能のある若手ミュージシャンたちが次々に現れ、スターになっていった。

致命的にセンスのない球技全般を除き、自分はどうやら、わりとなんでも小器用にこなせるタイプの人間のようだ。絵を描くことも、勉強も、音楽活動も、人から褒められることがないわけではなかった。「なんでもできてすごいね」なんて言われることもある。しかし、だからこそ、真の天才に出会うたびに劣等感に押しつぶされそうになり、長年、器用貧乏な自分の性《さが》を恨んでいた。

悶々とした思いが消えぬまま三十代になったある夜、ひとりベッドに横たわっていたら、生まれて初めて、歌詞とメロディーが同時に降りてくるという現象に遭遇した。よくミュージシャンがインタビューで語っているあれだ。

芽が出ない　芽が出ない　30過ぎても芽が出ない
芽が出ない　芽が出ない　何をやっても芽が出ない
芽が出ない　芽が出ない　こんなにいいのに芽が出ない
芽が出ない　芽が出ない　やる気はあるのに芽が出ない

生まれて初めてのタイミングでその歌詞か、って感じではあったけど、何かに追い立てられるように曲の形にして、『芽が出ない節』と名づけた。皮肉なことに、今までで一番反響も大きかった。結果この曲は、自分の人生を劣等感から解放してくれるきっかけになったように思う。それまで熱い想いを胸に活動してきた集大成を『ＡＬＣＯＨＯＬＩＣＴＵ

NES』（略してアル中）というアルバムにまとめ、そのラストに収録した。以降は、音楽活動も、人生も、「上には上がいることはもぅ知ってるし、売れても売れなくても、楽しくやれていたらいいいやぁ」というスタンスに変わっていった。

## 今、そんな心境

そんな自分の劣等人生において、絶賛現在進行形で、確実に過去最高の衝撃を味わわせてくれている人物といえば、スズキナオさんにほかならない。彼の書く文章は、深く幅広い知識と、鋭い考察、そして、ほかの誰にも真似のできない優しい視点から書かれた、もはや文学だ。あまり褒めても「いや、オレなんて……」と否定されるだけだろうが、彼を知る友人知人はみな、ナオさんは遅かれ早かれ先生と呼ばれるような文筆家になり、いろんな賞を取ることになるだろうと思っている。願っているのではなく、当然のように信じている。一方で僕の文章は、「なるべくわかりやすく取材対象の魅力が伝わればいいな」と意識して書いているだけのレポートにすぎない。とてもじゃないけど、ナオさんの足元にも及ばない。

考えてもみてほしい。そんなふうに思っている人物と、交互にエッセイを書き、それがこうして本にまとまって発売される。おのずと比較もされる。どんな苦行だ。ではなぜそんな苦行、辱めに耐えられるかといえば、自分の劣等感に抗うことはとっくにあきらめているからであり、加えて「酒」のおかげだ。

今、自分が胸を張って一番の趣味といえるのは、間違いなく「酒を飲むこと」だ。「酒の穴」の活動も兼ねてナオさんと酒を飲むのは楽しい。原稿を書くため、好きな酒のことについてあれこれと考えをめぐらせることも楽しい。ナオさんに限らず、僕より文才のある人も、酒や酒場に精通している人も、世の中にはいくらでもいる。その人たちに勝とうなんて考えはこれっぽっちもない。それでも今現在、正直いつどうなるかはわからないけれども、酒や酒場についての文章を書くことで、なんとか暮らさせてもらっている。それ以上に何を望むことがあるだろうか。

劣等感の呪縛から解放され、ただゆるやかに酒を飲み、くだらない話をして笑う。せめて家族や目の届く範囲の友人知人が、なるべく長く無事であってほしいと願いながら。

……これまで書いてきたエッセイをなんとなく振りかえり、そんなことを思って文章に綴る、締め切り前日の午前三時。すでにこの原稿が、人様に読んでもらうようなものではない、相当恥ずかしい自分語りであるという自覚が、はっきりと芽生えはじめています。それでももしあなたが今この文章を読んでいるのだとしたら、それは代替の原稿が締め切りまでに間に合わなかったということなんでしょうね。

スズキナオ

# 酒とエッセイ

## ガラクタをつなぎあわせる

酒ばかり飲んでいたから酒についてのエッセイならいくらでも書けるかと思ったが、そんなことはなかった。酒に関する、読んでためになるような知識を持ち合わせているわけでもない私は、毎回、「自分にとって酒とはなんなのか」というようなところから考えはじめる必要があり、自分が経験したことや思ったこと、ガラクタのようにしか見えないそれらをつなぎあわせていくしかなかったのだが、そのガラクタすら実はそれほど簡単に拾い上げられるわけではなく、いつも時間がかかった。

しかも、書き進めているうちに健康診断の結果を受けて酒を控える必要が生じ、しばらく酒から遠ざかり、「酒とはなんなのか」どころか「酒なんて本当に必要なんだろうか」と考えるようになってきて、ますます困った。

しかし、そういうとき、「そういえば昔、あんな店に飲みに行ったことがあったな」などと過去の記憶をたどってみると、それを発端にぽつりぽつりと思い出がよみがえり、そのうちに書きたいことが出てくる。一銭にもならないどころか大損、と考えていた過去の飲み経験にこんな形で助けられるとは思ってもみなかった。酒の財産。

## 門司港の夜

先日、福岡県北九州市の門司港に旅行に出かけ、夜、一軒ぐらいは地元の酒場に立ち寄ってみたいと「魚住酒店」という角打ちを目指した。築百年以上になるという木造の建物に入ると、ご常連さんらしき方々が女将と話しながら楽しそうに飲んでおり、一見の自分が入っていってていいのかと気が引けたのだが、「瓶ビールならこの冷蔵庫の中ですよ」「栓抜きはそっちです」というふうにお客さんが優しくいろいろと教えてくれたおかげですぐに緊張がほぐれた。

飲んでいると、女将が枝豆や小アジの煮つけを出してくれる。これらはサービス、つまり無料の心遣いなのだそうで、それがこの店の流儀なのだという。住まいから遠く離れた場所に来て、こうして心の落ち着く店の中で飲んでいる。目を閉じてサウナに座っているときのような気分で店の空気を全身に浴び、幸せを噛みしめた。

しばらくして尿意を催した。「お手洗いはどちらでしょうか」と勇気を出して聞いてみると、「ここはトイレがないのよ」と女将が言う。どうもその口調からするに、トイレに行きたくなったらそれを潮時に帰るのがちょうどいい、という感じなのかもしれなかった。焼酎を三杯飲んだらそこでおしまい、それ以上は酒を出さず、お会計をして店を出るというルールを設けている店があるけど、あれみたいに、飲みすぎてへべれけになったりしないための工夫なのかもしれない。

## 尿意との闘い

もしそうだとしたら、この店でもう少しだけ飲んでいたいという気持ちVS尿意、ということになる。我慢できなくなったら負け、すぐ退店だ。私の目の前にはチビチビ食べてきた枝豆とアジがまだ残っており、瓶ビールの中身はもう空だ。ここは……ビールもう一本飲むしかない！　こんどいつ来られるかわからないんだから！　と、さっきトイレはどこかと聞いたやつが冷蔵庫からまた瓶を取り出している。「どっちだよ！」という状況だが、後には引けない。すでに尿意があるのにそこにビールを注ぎ込むのだ。

まだ余裕だろ、と思っていたのだが、ぜんぜんダメだ。尿意には二種類ある。なんとかなる尿意と、どうにもならない尿意。私の経験上、特にビールを飲んだときの尿意はどうにもならないことが多い。なんとか一山越えるとしばらく我慢できるような尿意もあるが、それではない。厳しいほうの尿意である。そんなタイミングでお隣のご常連が店の歴史についてお話を聞かせてくれたりしており、外に飛び出すこともできない。「あぁー、すごいなー。そんなすごい店に来られるなんて……あぁーすごいなー」みたいなぼんやりした相づちしかうてず、体が左右に素早く揺れている。

このままではお店に迷惑をかけることになる、と、バッと最後の一口を飲み込んで店を後にしたのだが、悔しかった。もっとじっくり味わいたかったな。トイレを済ませてから行くべきだった。

だが、そのように「何かに追われるように飲む」というのも、たまにであれば、スパイスのように人生を彩るものである。

## 普通、行くかね？

パリッコさんと遠方まで取材に出かけた際、乗らなければいけない電車の発車時刻まであと十五分というタイミングでチェーン居酒屋に入った。「十五分あれば一軒行けますよ！」とパリッコさんは言うのである。確かに行ける。行けるけど、普通、行くかね？

サッと飲んで出られるような立ち飲みのチェーン店だったので、それぞれチューハイ一杯ずつとお新香かなんか頼んで一気に口の中に放り込み、無事、時間には間に合ったのだが、ジョッキに酒が半分残った状態で「やばい！　あと四分しかないです！」と、背中がゾワゾワするようなスリルを味わいながら飲んだあの酒もまたおもしろかった。

と、書きだしたときは思いもしなかったことまで頭に浮かび上がってくるのが酒について書く楽しみだ。きっとそれは酒というものの持つ広がり、懐の深さゆえだと思う。ありがとう、酒よ。

釧路空港

# 酒とエッセイ

## エッセイが好きだった

「言わずもがな、僕は自宅での晩酌が大好きで――」

先日、とあるエッセイをこう書きはじめ、反射的に「いや知らんがな！」と、心の中の関西人がツッコミを入れました。

エッセイってなんなんだろうか。一応、僕の書くものに興味があり、読んでくれる人がいるはずだという希望的観測をもとに、書いている。けれども世の中には、僕のことなど知らない人が圧倒的多数。知らない人のひとりごと。知らない人がどんどん語りかけてくる。そりゃあ「言わずもがな」と書いて「知らんがな！」という気持ちにもなります。

子どもの頃から本を読むのが好きだったのですが（ほらまた語りかけだした）、いわゆる文学作品を読んでいたのは、高校生くらいまで。その後はもっぱらライトなエッセイや、雑学ものばかりを好んで読むようになりました。その経験が、現在の僕の重みのない人格形成にかなりの影響を与えている可能性は否めないのですが、これはもうそういうものだとあきらめるしかありません。

とにかく、エッセイが大好きなんです。同時に飲んだり食べたりするのも好きなので、近年は特にグルメ系、お酒系のものばかりを読んでいます。

太田和彦《おおたかずひこ》先生は永遠の憧れ。『ニッポン居酒屋放浪記』は何度も読み返し、良い酒場とはいかなるものかを学びました。

勝手に心の師匠と呼んでいるラズウェル細木先生は、漫画『酒のほそ道』のイメージが強いけれども、『晩酌パラダイス―今宵も酔いし、美味し、楽し』というエッセイの大名著を読めば、エッセイストとしての力もまたとんでもないことを知るでしょう。これほどまでにおもしろく、わかりやすく、日本酒の「冷や」と「冷酒」の違いを書いた文章がかつてあっただろうか。酒飲み必読の教科書といえます。

僕が文章家としてこの世で一番尊敬しているのは、東海林《しょうじ》さだお先生。どんなに大御所になっても決して偉ぶらず、くだらないことを本気で、徹底的に書く。例えば「カレーを食べるとき、カレージルが常に足りない」というテーマで一本書く。執拗にカレージルが足りない問題を書きつくす。これはもう、国宝級の伝統芸能といっていいでしょう。僕がエッセイを書くときにもっとも気にしていることは「東海林先生からの影響をいかに隠すか」なのですが、人からよく「好きでしょ？」と指摘されるので、今のところまったく成功していない模様です。

## おもしろさがわからない

とはいえ、僕はそもそも、この世に「ライター」という職業があることすら知らず、漫然と生きていたら流れでこうなっていたような人間なので、まさか自分がエッセイを書くようになるとは、夢にも思っていませんでした。エッセイ信仰が強いぶん、畏《おそ》れが大きい。ゆえに、常に冒頭のような矛盾に悩まされることになる。それでも、引き受けた以上は書かなければならない。正直に申しますと、この世のあらゆるエッセイの中で、自分の書いたものだけが、おもしろいのかおもしろくないのかまったくわからない。というか、ただのひとつもおもしろみがないように思われる。以前、傑作エッセイを多数生みだしているスズキナオさんも同じようなことを言っていたので、もしかしたらエッセイとは、もうそういうものなのかもしれませんね。これが酒の穴の対談となると、お互いに責任を相手に押しつけあっている節があり、またぜんぜん違うのですが。

とにもかくにも、発表の場と締め切りを設けてもらい、定期的にエッセイを書いたここ数ヶ月。人間、やればやるだけ慣れるものです。おもしろいと思えるかどうかはともかく、書きあげるまでの時間がどんどん短くなってゆく。初めは「このテーマで一本書けるかな……？」と不安に思っていても、書きはじめてみるとそれなりの文字数になっている。今この原稿もそう。

何より、「今回はこんなテーマで書いてみよう」と考える。するとまず、記憶をたどる作業が始まる。「あぁ、そういえばあんなことがあった」と、こういう機会でもなければ一生思い出さなかったであろう出来事が記憶の底からたぐりよせられる。それが楽しいんですよね。酒場で出会った印象的なクレーマー、数々の終電逃しエピソード、ちょっとした奇跡、幼なじみとの再会。人生の思い出あれこれが、こうして形に残ってくれることには、なんともいえない嬉しさがあります。

## 考え、言語化すること

僕は良い酒場を文章で紹介するような仕事も多くしていますが、自分が好きなお店があったとして、なぜそこが好きなのかを考えることとって、普段はあまりないですよね。例えば友達を誘って行くときに初めて、「こういう魅力のある店だから、一緒に行かない?」と、言語化することになる。酒場紹介の原稿はその最たるものだと思っていて、一軒一軒についてじっくりと考え、なるべく伝われと願いながら文章にすることによって、魅力の輪郭がくっきりする。または、自分がまだ気づけていなかった良さを発見する。それを繰りかえすことによって、「自分にとって良い酒場とはなんなのか?」が、少しずつだけどもわかってくる。

エッセイもまたしかり。自分が好きな「酒を飲む」という行為にまつわるあれこれが、考え、言語化することによって、さらに楽しく、好きになる。これ、何か好きなものがある人にとって、けっこう効果的な作業なんじゃないかと思うんですよね。ブログでも、日記でも、スマホのメモ帳でもなんでもいいから、みんな書いてみたらいいんじゃないかなぁ? 読んでみたいよ、そういうエッセイをもっと。

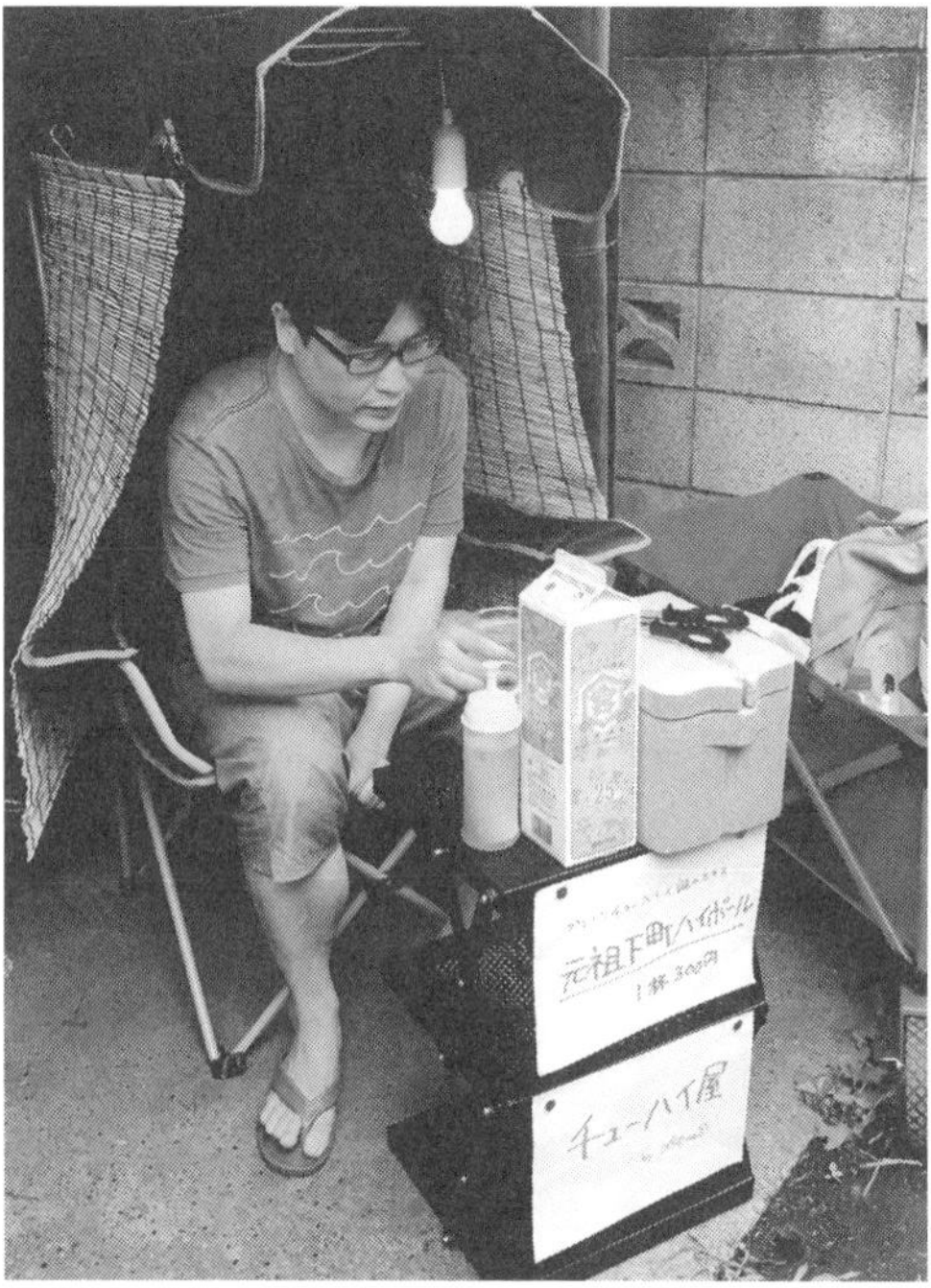
元祖下町ハイボール
1杯 300円
チューハイ屋

# おわりに

**パリッコ**　この本を作ろうと声をかけてくれ、編集を担当してくれたイースト・プレスの高部さんから初めて連絡をもらったのが、約二年前でした。そのときのメールには「一緒に『新しい世代の酒場歩き』の本を作りたい」と書いてくれていますね。かなり方向それた。

**スズキナオ**　ははは。

**パリ**　だって、初回のエッセイが「ポイントカードのポイントを使ってまで飲む」ですよ。嫌な新しい世代だ。

**ナオ**　お恥ずかしい。

**パリ**　でもそれがわりとリアルでもある現代。

**ナオ**　この記事のときはまだだったけど、消費税も上がったし、ギリギリまで切り詰めて飲むことになっていきそうですね。時代が。っていうか、俺が。

**パリ**　いやでも、「週一でちょっといい居酒屋に行く」みたいなことすら難しい、大変な時代ですよね。

**ナオ**　そうですねー。ハシゴ酒なんか、小旅行ですよもう。

**パリ**　わざわざお通し代何回も取られて。そもそも「もう一軒行こー！」ってハシゴして、「でももうお腹はいっぱいだから」ってお新香で飲むとか、愚かですよね。それでも繰りかえしてしまう。

**ナオ**　本当です。そんなに食えないなら帰りなさいっていう。

**パリ**　金はないのに未練がましく飲んじゃうのが新しい世代の酒飲み。

**ナオ**　自分たちがなんとも不憫《ふびん》なやつに思えてきました。しかし、ここから十年経ったら、さらにぜんぜん変わってそうですよね。「いやーパリッコさん、酒が液体だった時代が懐かしいですね」とか。

**パリ**　って言いながら、粉末状の酒の配給に並んでる。

**ナオ**　配給制なんすね。「ここでもらった後、あっちの配給行きません？」というハシゴ。

**パリ**　はは。けっこうあちこちでもらえるんだ！　じゃあ楽しそうではある。

**ナオ**　もしも酒が消えても、ぼーっとするための、酒的なものは残ると思うんです。

**パリ**　ですね。余剰がないと人類やってられないですから。僕はまだあまりきちんと向き合った経験がないんですが、サウナがめっちゃ「ととのう」って話じゃないですか。

**ナオ**　うん。我々もようやく少しだけ、「水風呂ね、なるほどね」と、みんなが何をしてるかわかってきました。

**パリ** そうそう。最近銭湯ばっか行ってて、水風呂大好きになった。けどサウナ好きの人、「宇宙と交信した」とか「人に優しくなれた」とか、もう酒どころのさわぎじゃないこと言ってるんですよ。

**ナオ** 人にやさしく！ じゃあみんな入ってほしい。

**パリ** そういう、摂取方向じゃない余剰が酒に取って代わる可能性もあるのかもしれません。

**ナオ** そうですね。昨日、電車に乗って京都に行く途中に窓の外を見ていたら、ダーッと広い田園風景が広がっているところの真ん中に、おばさんがひとりで座ってたんです。確かにすごく気持ちのいい天気だった。日なたでもそこまで暑くない、風が適度に吹いていて。あれもなんか、酒的なものなのかも。

**パリ** でしょうね。ナチュラルにそのトリップ感を知ってるというか。

**ナオ** でも確かにさ、見てるだけ、聞いてるだけ、ぼーっとしてるだけって、自分はただの筒のような状態で、風に吹かれて葉っぱが揺れてるのと同じ感じじゃないですか。何かを考えるわけでもなし。あの状態、求めてるかも。

**パリ** わかる。公園のベンチでひとり酒飲んでるときとか、筒になる。自分と周囲の境目が曖昧な状態というのが、とても心地いいし、生きていく上で必要な時間なのかもな。

**ナオ**　窓を開け放してる店あるじゃないですか。裏の勝手口も開けてて、風が吹きぬけていく。ああいう店好きだなー。筒の店。

**パリ**　ほんとほんと。

**ナオ**　あれってもう、店なの？　幽霊の通り道みたいな。

**パリ**　はは。時空を超えられそう。

**ナオ**　うんうん。筒状ゆえに、いろんなこととつながって。

**パリ**　「たぬきや」なんかも完全に筒だったから、もう建物自体はないけれども、行こうと思えばいつでも行けますね。

**ナオ**　確かにそうかもしれない！

**「お、キラじゃん」**

**ナオ**　高部さんと初めて打ち合わせしたのは日比谷公園でしたっけ？　もはや筒でもなくて、外。

**パリ**　もうなくなってしまったんですが、食堂兼売店のようなところで酒とつまみ買って、外のテーブルで飲みながら。

ナオ　また高部さんがちゃんと、一緒に飲みながらお話ししてくれるので。
パリ　そうそう。ちゃんとこっちの立場に立ってね。無理やり付き合ってくれてたに違いない。だって、真昼間の仕事中なんだもん。
ナオ　はは。書いちゃったら怒られるかもしれない。ただ、俺たちに気をつかい、泣く泣く飲んでいたんでしょう。
パリ　そうなんです！　だから上司の方、怒らないであげてください！
ナオ　なのにそのときの打ち合わせから内容だいぶ変わってるっていうね。あの酒なんだったんだ!?
パリ　まぁ途中がないと現在地にたどり着けませんから。
ナオ　たとえ意味がなくても、無駄な酒なんてないですね。なぜならそれ言いだすと、ぜんぶ無駄だし。
パリ　この本なんて、無駄の結晶ですよ？『家庭の医学』と比べたら。
ナオ　はは。比べたなー！『家庭の医学』と比べたら、かなりぜんぶ無駄！
パリ　大きく比べすぎました。しかし、思いつくどんな本よりも無駄な気がしちゃう。
ナオ　あー確かに、カードバトルみたいに「無駄な本出したほうが勝ち」っていうゲームがあったら、「お、キラじゃん」って。

**パリ** 強すぎて使用禁止になるでしょ。でもたとえ無駄方面にでも、自分たちでそう思えるくらい振りきれた本が作れたんだから、まぁいいか。

**ナオ** そうですね！　きっと読んでくれるのは、無駄の良さを知っている人たちに違いないので。

**パリ** 今思い出したんですが、帯に「これは世界一役に立たない〝お酒〟の本です」って書いてありませんでしたっけ？

**ナオ** はは。もう言われちゃってた。

**パリ** 編集者の人ってすごい。

**ナオ** それを出すっていう。大丈夫かな？

**パリ** 本屋さんに営業できるのかな？「あの、表紙に思いっきり『役に立たない』って書いてあるんですけど……」。

**ナオ** 「あ、はい、そこはまぁ、その、いわゆる、逆にというか……」。でも中身を読んだら、別に逆でもない。

**パリ** ぐうの音も出ない。

**ナオ** 「こんなものがあってもいいだろう枠」を狙うしかないです。

**パリ** だけどね、我々の大好きな「酒」こそが無駄の象徴みたいなもんだから！

ナオ　そうそう。だからもう、いってみれば酒なんですよ、この本も！

パリ　また今思い出したけど、高部さんが考えてくれた本のタイトル『〝よむ〟お酒』だって。

ナオ　まさにでしたね。

パリ　編集者の人、つくづくすごい。

## 居酒屋「地球」で乾杯！

パリ　今、初回の対談をぱっと読みかえしてみたら、今日の対談よりはずいぶんまともに見えますよ。あれですら。

ナオ　本当だ。ヤングなガッツも感じる。

パリ　それがいまや、店も自分も筒だから、時空を超えられる！

ナオ　もはや何言ってるのかわかんないっていう。

パリ　ほどほどにしたほうがいいかもしれません。

ナオ　ははは。

パリ　まぁでも、楽しいですよね。そんなことを言いながら飲むお酒は。

ナオ　こんな話しかしてないですからね、いつも本当に。

**パリ** ふと思ったのですが、まさに今、ナオさんとはお互い東京と大阪にいながら、WEB上で対談してるじゃないですか。で、部屋の窓を開け放って筒状にしているから、気持ちいい風が抜けていく。これもう、同じ場所にいると言っても過言ではないですよね。

**ナオ** そうですね。ちょっと距離があるだけで、巨大な露天の店で飲んでるようなものです。

**パリ** 突然ですが、今この本を読んでくれているあなたもそう。同じ居酒屋「地球」で飲んでいる。

**ナオ** はは。もしそんな名前の店があったら絶対入らない。

**パリ** 名前からしてやばそうですもんね。

**ナオ** 名物「地球焼き」。怖い！ っていう。

**パリ** 何入ってるか教えてくれない。

**ナオ** 「地球ってそういうもんでしょ？」と。

**パリ** 無駄にうまい。あ、いや、味がではなく、言ってることだけ。味はまずい。

**ナオ** ははは。味はまずいんだ。

**パリ** そんな地球に今、みんなでいるわけで、なんなら今すぐ乾杯もできますね。

**ナオ** ですね！

**パリ**　しときましょうか。

**ナオ**　そうしましょう！

**パリ**　では。せ～の、かんぱ～い！

**ナオ**　かんぱ～い！

# 〝よむ〟お酒《さけ》

2019年11月25日 第1刷発行

著者……パリッコ／スズキナオ
装画・ブックデザイン……カヤヒロヤ
校正校閲……長谷川万里絵
本文DTP……小林寛子
編集……高部哲男
発行人……北畠夏影
発行所……株式会社イースト・プレス
〒101-0051
東京都千代田区神田神保町2-4-7 久月神田ビル
電話 03-5213-4700
ファックス 03-5213-4701
https://www.eastpress.co.jp/

印刷所……中央精版印刷株式会社


ISBN 978-4-7816-1834-0

本書は「cakes」にて2019年3月から2019年9月まで連載の「パリッコ、スズキナオののんだ？ のんだ！」を加筆修正し、新規書下ろしを加えたものです。